鄉愁在柳川古道

妍音 著

推薦序／我是W，跟著走過柳川的存在與不存在

奇幻文學作家　跳舞鯨魚

臺中只是兩個字？跟著妍音走入臺中，從此臺中不再是兩個字的名詞。臺中由民族路的老宅活了過來，宛若科幻小說，在已然塵歸塵土歸土，只剩下老地名，彷彿墓碑般，一塊塊各自的土地記憶，一處處斷裂的時代回憶，開始長出了血肉，拉扯啟動早已骸骨化的古道，引領讀者走入離散紛亂，歷經繁華，也曾陷落寂靜的老臺中歲月。

水是民生所需，聚落往往依靠著河川溪流而生。柳川源於烏溪，入旱溪，經葫蘆墩圳、雷公汴，形成邱厝溪出秋老大圳的大墩溪，後稱為柳川。小時候的記憶模糊在一間間狹窄陰暗的吊腳樓邊，沒幾年，吊腳樓拆除，柳川下連續施放三年的蜂炮。我來自鹽水，熟悉蜂炮驅除的用意，卻從未弄清柳川當年施放蜂炮的原因。多年後，我認識當年

參與綁柳川蜂炮的師傅，師傅侃侃而談當年盛況，也沒能跟我說明柳川的故事。

再次接觸到柳川，是因為妍音提及，關於臺中已然消逝或消失中的風景。帶著照相機，穿越臺中中區，記憶平等街邊的玉市，望成功路上的萬春宮，探曾經駐足臺中中區電影院的舊址，看民族路和中山路之間的老建築，鑽巷弄間的廟宇，訪第二市場，嘆一間間老咖啡館，當時中央書局還未回到臺中中區，曾經有電影院冷氣排水嘩啦啦流過的街道，尚冷清。

日式平房小宅、兩層樓洋房、酒家、廣播電臺、佛寺的圖書館和教會，幽深起伏的長巷子，那是柳川古道曾有過的風景。何謂鄉愁，「孤燈然客夢，寒杵搗鄉愁。」一身在異鄉，孤寂感油然而生，鄉愁於是浮現。最初熟悉的記憶，是父親是母親所給，對最初家庭印象就像是銘印，鄉愁或許多來自心中最深的銘印。以臺中的風景，以住所的變遷，以人事物的流轉，敘述父母親逐漸老去的情景，每一段生命曾經歷的故事，都是見證父母親一生若柳川般注入臺中舊城，注入子女和開展後的家庭。城是家，家抑是城。三輪車、霓虹燈和海拔八十九公尺的砲臺山，出了城，父母親原來的家，散落在城外。十甲路的回憶、大坑的印象和父親所提及曾經住過的水返腳，城裡城外構築家的脈絡，也是城生長的脈絡，由平房到洋房，從洋房到公寓，人事物在土地上更動，唯有柳川仍流過。

柳川再現了當年的記憶，柳川的存在記錄了曾經發生的往昔，柳川像一具記憶的載體，重複著記錄與再現當年年幼的「我」。在柳川旁回憶的又是哪一些的「我」，又是柳川如何成就了今日的「我」，柳川旁那些曾經的「我」正被今日今時哪一個「我」所憶起。

《鄉愁在柳川古道》以自身經驗與足跡，踏查了臺中的往昔，那些被忽略的庶民生活細節與被淡忘的文化，曾缺席歷史的對話。文學以細膩的思索，綿密的筆調，關注曾經歷過的時代空缺，路途經由二十世紀初到二十一世紀的故事。

我的生活回憶重疊著姸音提及的往昔，若「物是人非事事休，欲語淚先流」般，憶起最初對柳川的印象，由民權路曠野般的街景，遊入密集的陌生疏離。那是柳川彷彿已熄燈的過去，沒有父親所說的估衣市場，我們一家在臺中進進出出，再入臺中中區，換到的是一張單行道的罰單。我始終徘徊在臺中舊城外，回憶故鄉那些曾經滄海後來的大排，柳川是陰鬱的，當我由母校舊日師院的大門步出，最常想起的是「天烏烏欲落雨」那一句歌詞的旋律。

我的失落在哪？

看《鄉愁在柳川古道》宛若卡通小丸子般的快樂童年回憶，浴池、冰棒和柳川春夏間的晨曦。女孩長大，女性往往是家庭文化的守護者，一個家的背景、過去、信仰習慣和風俗等等，往往是靠一代代的女性，傳承，融合，重組和再現。當女孩變成母親，當女孩老去，柳川是溫柔的，柳川是長者的手輕輕摩挲過孩童的髮梢，那蜿蜒在城市裡的水圳，不知不覺又讓我憶起環繞鹽水的大排。

水是城市的父親與母親，妍音以柳川的經驗，重繪家族與父母親的故事，傳承一個家的始末，也傳承了一個人的自我。臺中城緩緩從妍音的文字中，重回往日時光的面貌。我不禁想起電影《一代宗師》：「見自己，見天地，見眾生。」城是一個人，一個人即是一座城。

自序／我，是父是母

小時候，父親常和我玩遊戲，慣常玩著「猜猜我是誰」，我或父親從背後以雙掌遮住坐著那人的雙眼，被遮住眼睛的人便得猜出後面那人，這純然只是享受親子互動的趣味，並非真考驗誰是誰。

有時，父親的大手掌遮住我的視線，小孩躁動耐不住多幾秒的黑與靜，著急先開口問：「你是誰？」父親通常都會回答：「我是黏皮鞋（修補皮鞋）。」於是我便咯咯笑個不停。多年來，「你是誰？我是黏皮鞋。」總不經意便浮上腦門，父親那張俊秀中帶著沉鬱的五官便也一一黏貼上來。

我以為我是父親，但不是。可我極清楚自己的性格內化了許多父親的部分，我一直謹小慎微，所有悲與喜都依靠文字宣洩；父親也一直這樣，沒有驚異駭俗的舉措，所有心事只說與杜康知。母親則從不曾和我玩遊戲，可我也以為我是母親，虔敬勤勉明明投射母親的特質，然而這樣的我偏偏少了母親的明快果決。

馬斯洛五大需求理論，最底層是生理需求，生理需求滿足之後再漸次往上提升其他需求的滿足。飲食是基本生理需求之一，關係著一個人內在的安全。我眼中的每一份食物向來都美味，夫婿曾玩笑揶揄我是「山豬袂曉食米糠」，意指不知人間多的是山珍海味。我當然知道這世間美食繁多，米其林評等為社會大眾作指引，中式西式經典臺菜懷石料理，在在賞心悅目之餘更臻色香味俱全，總教人口齒留香意猶未盡。然而追求星級享受，純然是飽食之外再往上求啊！

父親出生在日治時期大正與昭和銜接那年，經營小買賣的家庭經濟並不寬裕，又前有四位姊姊後有弟弟妹妹，生活雖艱辛，可吃食上祖父母未曾讓他飢餓過，所以父親最基本的需求是滿足的。太平洋戰爭爆發時，父親方才要跨入十六歲，父母皆已故去，八位手足共同支撐一個家，克難生活姊姊們承讓的多。於此成長模式下父親次第晉升至第三階的社會需求，青年時期與同儕經常出入昭和五年八月臺灣地方自治聯盟發起大會召開處的醉月樓，醉月樓不僅是臺中史上的一頁美麗記憶，更在父親的生命鐫刻了美好，即便父親並未逢上文化協會於臺中活躍的那些年。

到底是醉月樓映照在父親心頭的影子太美好了，關於那些他無緣親炙的文化協會年代。出生晚了便是晚了，如何也追不上他尚未來到人世的時光。但畢竟橘町四丁目距離三丁目是近的，僅僅一條櫻橋通。祖父會否抱著孩子踱著踱著就從三丁目望向對街四丁目的醉月樓，見那人文薈萃名流雅士聚集情狀，喃喃說過什麼？又或者是父親童稚時期曾玩著走著就到櫻橋，以自己一雙童稚的眼看過什麼深印腦海？乃至後來進入村上公學校就讀，日日上下學沿著綠川河岸走著，經過了面向綠川東街的醉月樓別館致引發種種日後親臨的遐思？父親未及弱冠已於州廳彰化辦公處任職，朋友間觥籌交錯便時而有之了，戰後幾年更是經常與同事朋友相約醉月樓餐敘。

彼時寶町三丁目的東亞食堂父親常去，與母親交往時，也請母親食堂用過餐，但食堂畢竟異於酒家，何況醉月樓又有臺中第一酒家美譽，媲美臺北江山樓，青春少年誰不愛？戰後時局雖動盪，可父親胸無閒事心緒穩定，馬斯洛需求理論早提升了需求層次。這樣心如朗朗乾坤的父親，卻遇上過往生活如乘坐雲霄飛車上上下下峰回路轉，甜美記憶留在高空最喜樂時，落地後兀自暈眩著需理出一條清晰路子的母親。

母親出生未及兩個月便出養成為外公的掌上明珠，十五歲之前生活愜意，基本的生理需求與安全一概無虞，更因飽足的愛填滿內在，方能堅強面對家庭驟變，並毫無遲疑地承擔一切，包含奉養年過半百的祖母，以及照養年方六歲的無血緣養弟。直面突遭巨變性情不變的祖母百般無理要求，心有苦悶的少女遇見陽光開朗的青年，心中直如打進一道光。東亞食堂是他為她慶生的處所，但也是那時她才知他極愛醉月樓。

母親的世界向來不涉及風花雪月文人雅士，尤其肩挑一家生計之後，連兒時熱衷的劇院追劇都嫌奢侈，更別說一擲數元只在飲酒交際。酒家向來是男士天地，尋常良家婦女都不聞問，但因為父親，母親雙十華誕之後，醉月樓也躍進母親的生命軌道，再不能不知不見不聞，甚至還陰錯陽差被趕鴨子上架，踏進那座巍峨醒目臨靠櫻橋通椰林大道的建築。

父親如何看待依著好友起鬨，臨時更改宴客地點的人生大事？那或許是父親一生甜美記憶，合該他細細收藏心間不說與外人知，即使由他而出的子女。又或許因為母親的叨叨唸唸含帶些微嗔怨，而自覺由著朋友嬉鬧安排不免荒唐了，所以在世時隻字不提，由著這事沉入記憶沉入歲月沉入歷史，以心神醱酷了一缸陳年的微酸微苦微甜汁液，父親後來每獨飲想必便是佐以這一味心靈醇釀。母親其實也如此，一生牢記不忘醉月樓夜宴，新嫁娘的她忒在意親友評價，荒謬的結論總在心裡發酵。母親在意的還有另一樁，便是父親任由朋友慫恿更動宴客地點，重新印製請帖，卻未於事先知會她一聲，甚或與她商量，處於狀況外的心緒，恐怕才是母親難以平復的部分。

母親到底也是喜愛醉月樓的酒家菜色，五柳居、魷魚螺肉蒜於我未出閣的年歲便在家裡嘗過幾次，母親憑著記憶琢磨烹調工序，嘗試將饒有名氣的酒家料理搬上自家餐桌，母親的心情矛盾可見。醉月樓在當時代風雅的成分高，不入流的氣數難以滲入，可一般普羅大眾僅以酒家通稱，直覺便要異色視之了。母親因其生家、出養家庭龐大的親戚網絡，很快風聲傳遍每一隻耳朵，耳語最無據，耳語最易傳，耳語最惱人。她祖母一句誰誰誰說了什麼，便是千斤鼎壓上心頭，母親如何能不在乎！

想當然耳的，醉月樓品嘗過，母親暗自推斷了作法工序的菜餚，絕計不曾在我尚未來到人世，甚且是大家同住的那些年歲，出現在老宅餐桌上。母親於飲食基本生理需求飽足中成長，理當更往上實踐各級需求，可她祖母幼年養女如婢的生活從不知溫飽為何物，是以怕飢畏饞，所有食物都為填飽肚皮，怎理解世間食材可精心烹調至香濃鮮美鬆軟順口，引人食指大動的美饌佳餚。莫說雞鴨魚的手路菜色，老人家全然不知，就是尋常豆腐，家裡烹煮總一式乾煎之後加入醬油紅燒，醬香下飯；或者加上幾葉小白菜，來碗青菜豆腐湯，陽春白雪，老人家壓根不清楚豆腐還可有那作工繁瑣，得輕手慢煮的菊花豆腐羹。老者眼裡，吃食就是將食物往嘴裡送肚裡吞便了，哪來那麼多繁文縟節，飽食終日才是她老人家一生職志。老人家的認知裡，凡所有工作所得，都不能虛擲於飽食之外的諸事，即便是食堂、酒家的交際應酬，均視作揮霍。

父親愛屋及烏，婚後選擇與母親一家同住，幾曾令老者三餐不繼、無米可炊？可老者童年的惡夢總引著她擔心受怕，這樣的她完全達不到馬斯洛五大需求中的社交需求以及尊重需求，老人始終被自己縛得緊緊的，難以掙脫。後來，在我們自己的小家庭裡，我見習了母親許多餐館嘗過自學的料理，紅燒划水，草魚後段的菜色；鴛鴦蝦仁，以蛋清、番茄醬分炒蝦仁，清炒豆苗盤飾作區隔；醉雞，紹興酒醃雞，加少許當歸、枸杞，增添香氣並潤色。當時不知此乃可視為自我實現，五大需求之最上乘，單純以為母親只是偏愛手作料理，母親只是慣於記憶味蕾感受，母親只是喜愛品嘗美味料理，而這一些都在我已大學之後的年歲了。顯然母親以生肖一輪的時間茁壯了內在，她再不受她那乖戾祖母的箝制，她可以很光明面對自己的心，於填飽肚皮的餐食之外，花心思耗時間動手做，做出一道道她由公司聚餐或參加宴席嘗到的美食新菜，於是我們姊妹也學著。

料理是細心學著便能烹煮，可馬斯洛說的自我實現開發潛能，卻未必經由學習，那是沉在心底的覺醒。父親心理的需求只到了第四階，他尊重所有人所有事，包含購置的屋宅也聽從老人安排登記無血緣妻舅名下，然而即便父親遂盡阿祖心願，可父親的日子仍無春天，酸言酸語沒日沒夜酸蝕他，醉月樓的應酬往來更被視為整日浸在酒池。

父親似是被阿祖的強酸醃漬出吸引力法則，漸次和杜康形影不離，於是父親有苦，母親有怨。母親曾經氣沖沖帶著大姊鳳麟酒家尋夫，卻見滿桌菜餚唯是父親獨對，到底父親心裡藏了許多苦啊！

母親婚後辭去工作立志賢妻良母，可生活非不興水波的湖，三姊周歲後母親重回職場二度就業，同住的阿祖幫襯關照小孩。數年後我落了地，滿月後母親上班前我吸足了奶，可母親上班後，未曾有育養經驗的阿祖或許遺忘了填飽我小小肚皮。母親總說每每她中午回家用餐，我便如無尾熊般緊緊扒著她，一張小口急著尋找飽食的源頭。之後，下午必會再有一場因陷入飢餓所引發的嚎啕大哭，哭到抽抽噎噎再到靜默無聲，這是隔鄰太太轉述給母親的，鄰人的說詞是「恁阿嬤可能攏無泡牛乳予嬰仔食。」母親自然也是明白的，阿祖何曾泡奶餵我，母親備下的那罐奶粉始終滿盈。

這些事若非母親敘述，我怎會有記憶。我記憶的是父母滿足了我諸多需求，甚且尊重我所有選擇，我因而能選讀所愛校系，實現夢想。

但嬰兒時期基本需求的不足，顯然偶爾還會從馬斯洛五大需求第五層的自我實現探頭回顧，彷彿最底層猶浮貼著陰影。人生走馬至此，明明一切皆滿足，可我常會一做好飯菜，便渴盼家人快快齊坐下好好享用，同時潛意識裡絕不容許碗盤有剩飯殘羹，說我沿襲阿祖的惜福抾拾也是，但難道不是殘留了嬰兒期基本生理需求的欠缺？

阿祖這一生可惜了，那張一直顫巍巍緊抓的安全網，因著自己諸多想像而刺得破爛，原可以一階一階滿足內在心理需求，卻因一個執念始終停步於最底層，就連第二層的安全需求也叩關不成。六歲那年我一家被迫搬離老宅後，阿祖終日惶惶然於孫不愛搭孫媳不願理曾孫不能承歡的孤獨，之後於我跨入大學窄門前完結這一生。

說到底，萬法唯心造。馬斯洛的五大需求理論，不也是心理歸結行為？我看著父親母親一生行事，雜沓步履中雖不免搖晃跌撞，但始終背脊直挺，而我便是在這樣日復一日的耳濡目染下，疊印了一部分的父親與一部分的母親。說我像母親，一點都不假；說我是父親的翻版，也是真確。

而今，我是誰，重要嗎？經由記憶修補家庭脈絡，我想起父親「黏皮鞋」之說，可我早已不玩那遊戲了。

目次

川水脈脈載滿鄉愁

這是鄉愁嗎？

W，我想妳明白，臺中市民族路一百多號之於我，便是鹽水之於妳。

介於三民路二段與柳川東路之間的民族路，一筆一畫寫了滿滿我稚齡情懷。

大學時代民歌是潮流，以余光中老師〈鄉愁四韻〉一詩譜成的民歌唱出兩岸離亂的人生，唱著唱著紅了許多人的眼，那時完全沒有離家經驗的我，也是唱著唱著便要吸著鼻子了。

「小時候／鄉愁是一枚小小的郵票／我在這頭／母親在那頭
長大後／鄉愁是一張窄窄的船票／我在這頭／新娘在那頭
後來啊／鄉愁是一方矮矮的墳墓／我在外頭／母親在裡頭

而現在／鄉愁是一灣淺淺的海峽／我在這頭／大陸在那頭」

（詞：余光中　曲：楊弦）

走入婚姻，從島嶼中部移居南部，不過兩百多公里，頭紗才卸下我就想家想得心慌，說來不怕妳笑，歸寧宴罷南返後，天天掉淚，想家人想臺中，真的害了思鄉病。起初我沒張揚，只想著在自己反反覆覆思念中，在日日電話煲餵下，在時時淚水洗滌後，能夠把算不得鄉愁的鄉愁鎖進心底。

可思念真是煎煮心神，正巧有天被先生撞見眼角未乾的淚痕，這才傾倒出新婚未及滿月思鄉已滿溢的心情，然後每到週六中午下班後，先生便攜著我一路載奔載欣的回臺中，以一天半的時間療癒，然後一次次淡去，終於我夠堅強，把鄉愁安放腦後。

這時與妳談起這些往事，不覺莞爾，遙想當年，那閨中少婦或許強說了愁！

但，思念是真的，思念我的親人我的家鄉我呱呱落地的柳川畔。

母親是職業婦女，我早早就去上幼稚園，每天隨著姊姊走一段三民路，姊姊讀忠孝國小，我念忠孝國小附設的幼兒園。那年在幼稚園裡學了些什麼，記憶是模糊不清的，幾支兒歌記得住，最記得的是每日都有點心可吃。

但有一件事情，多少年來我仍然記憶清晰。現在想來，那不過是小事一樁，可從五歲的眼睛看去，那是天大之事，不能等閒視之。

什麼事如此戒慎恐懼？是老師突如其來的晨間檢查。

檢查圍兜乾淨否？手帕有沒有別在圍兜左上方？指甲剪了沒？

我是喜歡上學的孩子，除了天天都有點心吃，還能和同學玩遊戲，這比在家裡和阿祖「小眼瞪老眼」的好。

按理說，我應該每天都雀躍著要上學，但事實上我卻是三不五時就會提著心吊著膽的去學校。

為何？一切都因老師喜歡玩「突擊」遊戲。

前一天中午放學不說，總是一早到了學校，才宣布要「晨間檢查」。而我則是每一聽到「檢查」兩個字，不但立時「頭皮發麻」，還一路「糾」得整個身體的皮都繃得緊緊的（就是阿祖平常罵說「皮繃較緊」那樣），除此之外，我還會猛看自己的指甲和圍兜，也會不由自主的「先行」檢查我的手帕別得牢不牢、乾不乾淨？

「晨間檢查」時，小朋友一個個直挺挺的坐在小板凳上，雙手張開擺在小桌子上，等著老師一個個巡視檢查。圍兜不乾淨的，手帕沒用別針別好的，指甲髒汙的小朋友，老師毫不留情的一個個喊出去站在講臺前。

小小年紀的我，知道站在那兒是「罰站示眾」，除了「丟臉」，並且還要忍受老師從口裡不斷噴出的斥責。

「圍兜髒兮兮，怎麼不換下來洗？」

「指甲這麼黑、這麼長，為什麼不剪短洗乾淨？」

「這麼長的指甲留著幹什麼？抓人嗎？」

「手帕皺得像酸菜，也不換一條？」

「……」

我越聽越害怕，越害怕就越擔心，擔心下一個被叫出去罰站的是我，因為母親要上班，我的圍兜和手帕不見得每天換下來洗啊！

於是我的椅子越來越往後退，退到貼著牆壁了。

我天真的想著，離老師越遠，就算我的圍兜有髒污，她也看不到吧！

一回得逞之後，每回老師再來突擊檢查，我就如法炮製，那時還沾沾自喜於想出解套方法，讓自己不致皮繃緊到成了「人偶」。

沒想到有一天，已經越過左邊小朋友的老師，彷彿察覺到什麼似的，「倒退嚕」回到我前面，老師隔著矮桌盯著我一直看，那一瞬間我的心臟像蹦蹦亂跳的皮球，差一點就要跳出嘴巴了。好半天老師都沒移動她的腳步，我在心裡祈求觀世音菩薩，請祂讓老師提起黏在地板上的腳，走向我右邊那個小朋友吧！

這時，老師卻是開口喊了我的名字，我「ㄧㄡˋ」的一聲怯生生站了起來，我已經做好「待宰」的心理準備，沒想到老師說出口的話卻是，「妳坐那麼後面做什麼？以為我會看不到啊？」

呃？原來怎樣都逃不出老師的「法眼」。

我以為老師是判了「晨檢」沒過的罪，結果是虛驚一場。雖是這樣，但因我小小詭計沒能逃開老師大大的眼，那時除了大感挫敗之外，之後更是日日小心翼翼照顧圍兜與手帕。

不知道是不是肇因於幼稚園時期的「惡夢」，此後多年，對於老師，我總抱持「敬神明」的心態，不敢隨便「亂看」或「攀關係」。高中時期，對於制服的整潔要求，甚至到了「龜毛」程度，兩套制服日日替換，洗過必漿之並熨燙，務使筆直平坦。

想來，幼稚園老師「不按牌理出牌」的策略，把我圈進一個看不見的「框」，我也就這樣甘之如飴的在框框裡過了許多歲月。

倒是中年之後，長了年紀，心也多了力量，正一點一點的掙脫那個無形框。好習慣我保留，過度的戒慎恐懼就隨風消散吧！

那是小小年歲，住在民族路快樂小宅的生活插曲。

快樂小宅屋前有一小塊空地，需先推開一扇竹籬矮門，踩踏過空地才銜接上民族路，路上行人不多，多半悠閒不匆忙。偶爾駛在民族路上的牛車，特別吸引小小年紀的我的目光，我看牛車、牛和牛屎，趣味滿滿。民族路往南行，到了與三民路相交的十字路口，三輪車一部部排列整齊，等著乘客招呼。一年年過去，我們民族路小宅對街亮起一盞盞霓虹燈，和一塊塊刺目的酒家「看板」，此後在許多人眼皮下明明滅滅了數年。

那樣的世情，二十一世紀出生的孩子必然無法理解，七年級生的妳可能也得傷神揣度，否則極易將之視為天方夜譚。

但那畢竟是真實人生，當時的市街沒有呼嘯而過的汽車，就連摩托車也還是極端小眾，是牛車還能招搖過市的年代，腳踏車大約家家都有，而且車後還得掛上腳踏車牌，同時得繳納腳踏車牌照稅。若因經濟考量，那麼，雙足便是最佳交通工具，一雙腳可踏遍千山萬水，無論人生是否快意。

那時節，我喜歡從民族柳橋下望柳川人生。婦女們以這條川水滌洗衣物，洗菜洗鍋碗瓢盆也無不可，夏日炎炎還會就著亮光清洗小小孩，然後水聲談話聲笑聲哭聲雜揉成真實生活，誰悲誰喜誰憂誰樂又如何，還不是一個迴轉，就又各起了一個調，總之生活仍然繼續著，以柳川水就著生活的人家，依然在臨川搭建的吊腳樓裡演繹人生。看進我眼裡，單是一個美字。

而我大約是在中學那些年忙著學習國英數理，昏頭轉向間遺忘了生命最初所親近的這條河川。一個最主要的因素是搬離了中區，北區西區流轉數年，識得新地景新朋友，悠游於新的生活型態，徒讓柳川流向遙遠天際。

中年之後想起柳川的時候多，想起民族路也多，想我少小無知歲月，想父母自我綁架於對阿祖的孝道裡，可我也想阿祖與我之間微妙的互動。

人事的牽絲纜絆，往往也縛住了一干人等，這又如何說，若不是因緣際會，又有什麼更貼切的說詞？

我識得阿祖時，父母與阿祖同住父親購下的民族路屋宅關係已然定型，父親最初既然慨然做了房屋所有權不登記自己名下的處置，想當然耳的是不會在意這身外之物，可後來父親的抑鬱寡歡，與阿祖的日常整個脫離不了關係。兒時的我懵懵懂懂，直到母親暮年直面阿祖的行事風格，這才整個恍然大悟，原來父親被阿祖的舌尖嘴利箝住，一輩子翻不了身。

這是怎樣的愛怨情仇？

父親和阿祖過去生曾有過什麼因緣，今生因為母親之故兩相尋來，到底是償了債還是復了仇？

直到我們搬離了民族路，父親已然習慣落寞，一粒柑仔糖一冊書一杯酒伴他晨昏，不知父親是否無以解憂，唯賴杜康。那時我總感覺父親生錯了時代，他不應是二十世紀生活在臺灣的人。我常想，如若父親生在唐宋，甚至更早的朝代，或許快意！

還住在民族路時，我記憶裡有父親外出返家歸來，脫下鞋襪就把腳抬進水槽就著水龍頭洗腳的影像，父親仔細洗著每一隻腳趾間的縫隙，容不下一絲絲藏汙納垢，可明明是愛乾淨的人，卻曾因貪杯多飲醉臥路旁惹得一身沙土，這是怎樣的內在衝突啊！另一個鮮明印象是，牆上大掛鐘的鐘擺不動了，喊上父親，父親會拿張椅子站上去，掀開掛鐘玻璃門，然後拿起放在鐘擺下的一個扭頭，身體傾向前去將發條扭緊，再調好時針分針並撥弄一下大鐘擺，時鐘便又動了起來。

父親彷彿是能夠左右時間的人。

小小的我總仰著頭盯著那只占了大半牆面的大掛鐘，聽著時間答答答的往前行。時間的挪移聽得出來嗎？在那時我並不明白，年紀太小了，常常面對的是空曠安靜的屋子。父親母親工作去了，姊姊上學了，阿祖廚下忙著，弟弟榻榻米上睡著，我坐在竹籬門外大石頭上，看著偶爾路過的牛車，百無聊賴畫著腳邊泥沙。

我想過什麼嗎？那小小年紀裡我曾坐在大石頭上想什麼？又或是我有過什麼夢想？那是一張潔淨的紙啊！

我的心尚未沾染各種色彩，我看到的是一片明亮，天空與人都是。

多少年過去後，我最愛的還是那簡單的美、純色的世界。

W，妳莫笑我唷！

其實我能說得太少，關於民族路一百多號的家，但那小宅卻又滿滿堆積我腦海，屋裡的建構是榻榻米的房間，紙拉門隔間，我們可以拉開紙拉門，一間穿越一間。乃至後來阿舅翻新後的格局也深印我腦海，一樓有騎樓有店面，樓梯後方是廚房浴廁；二樓主要活動空間都在樓梯上去的前半部，一個小陽臺一間小廳堂兩間房，阿舅因攢存積蓄有限，只修建了地坪的三分之二，留下一個佔地三分之一的後院。

誰曾想，有一天會是妳陪我走在兒時穿越的小徑，而妳陪我走過的那時，我熟知的那個門牌號碼依舊在，雖已非我幼時的日式屋型，但仍是那年阿舅翻新後的模樣，半世紀以上了呀！

若不是妳陪著由中山路二五七巷走進柳川古道，我絲毫不知原來兒時和姊姊們經常穿走，而我懼怕的幽邈深遠長巷，今人給了它一個發思古幽情的名稱——柳川古道。我們走著的那次，怕是我第一次全程走完整個蜿蜒迷宮一般的曲徑吧！沒經此次巡禮，大約也是不知彎彎繞繞的深巷裡別有洞天，甚至還殘留我稚齡年代的建物呢！

而最令我訝然的是，柳川古道在民族路的出口旁還留著一幢斑駁木屋，飽含歲月痕跡，不經意時抬頭看見，卻是小閣樓俯首向我，那閣樓該有百年歷史了吧！是我們搬出老宅曾經暫居數月的那閣樓嗎？我這麼想著，但很快我就推翻了自己這想法，因為門牌號碼不同。

心情幾許激越，妳應是明白。

W，謝謝妳陪我從光復路巡禮而來，踩踏興中街後越過中山路走進柳川古道，我便也走進了時光隧道。

若我質樸，皆因我從質樸中來；若我清簡，則因我走過清簡歲月；若我有古意，便是我曾浸染古典，凡此種種，一一成就了我的內在，從而形塑了崇尚無華自然之風。

柳川

阿祖在我十八歲大學聯考前仙逝，這之前的數年間偶爾母親要我們回老宅探望阿祖，那時還會沿著柳川走向民族路，回到永不忘記的門牌前，向租了一樓開設西藥房的主人打聲招呼，然後穿過走道上了樓，阿祖在她闃暗的屋裡拉著我的手，和阿祖說些什麼，已然隨風遠揚，再無叮叮噹噹語音跳響床板，只是阿祖從床邊矮櫃抽屜裡取出的那隻雞腿，猶然具象，仍散溢微微酸氣。

阿祖往生，形同連結崩壞，民族路完全退出生活範圍，再沒有耆壽高齡的阿祖等在二樓小陽臺後的廳堂，而我們即便前往第二市場，也是中正路進中正路出。

但屬於那處的鄉愁，卻都在家人的心中。父親不說母親說，母親說起民族路那些年的酸甜苦辣，我能感受母親的又愛又怨，姊姊們有否聯想我不知，但我會多想與深想，想慈光圖書館的修身養性，想樂舞臺的戲夢人生，想父親母親與阿祖的今世纏結。

若干年來在自己的瞳孔裡許是照見了柳川小巷民族路，才有如此契機好整以暇漫步踱在柳川古道間，然後靜靜嗅聞民族路的空氣，似乎有那麼一丁點與眾不同，深深吸一口，以解我沉入心中多年的鄉愁。

我笑得開心，妳看見了，妳也笑了，因為妳懂。

我朝民族柳橋凝眸，無需走去，我知道川水脈脈，一如從前，雖她已換上新面貌。而妳的月津港呢？不也已非舊時樣，可妳仍戀她深深。

我們的心情是一樣的，鄉愁已非鄉愁，但仍有鄉愁。

鄉愁深深鑿了痕

後中年之後，想起生命起源之地異常頻繁，這是怎樣一種情懷？

確切而言，我只在那處生活六年，若將在母胎的十個月也算入，便就大約七年。與目前我的年歲相比，所占比率不高，可說也奇怪，民族路一百多號那屋宅生根似的，無法自我心中拔除。我們之所以搬離，是毫無血緣的阿舅為結婚翻新房子而下了驅逐令。

日式平房小宅，翻作兩層樓洋房，翻新後我們小孩經常奉母命回去探視阿祖。一樓規劃店面出租，二樓才是阿祖和阿舅新婚夫妻的生活空間。記憶深刻，屋子最前方是神明廳，阿祖念佛禮拜之處，外有一窄仄陽臺，站在陽臺左右看去，皆可看見民族路兩頭不一樣的風情。右側極目可見到柳川若隱若現，以及柳川東路的川畔景象，左看則只能有路上往來人車與對街連壁樓房入眼簾。

老宅對面民族路單號那側，一度出現許多酒家，夜晚閃爍不定的霓虹燈，鶯鶯燕燕與尋歡酒客來來去去扶肩摟腰耳鬢廝磨各種情狀不一。有時夜晚去阿祖那裡，總沒能有阿祖的老僧入定，少不得尋聲出到小陽臺，怯怯窺探燈光明滅下不甚真實的影像。說來頗是耐人尋味，記得正對著阿祖住處的酒家，霓虹燈閃動不停的招牌清清楚楚「夢中夢酒家」五個字，那時我一直不明白為何是夢中夢？誰進了誰的夢？誰的夢裡有了誰？

這是民國五十幾年，酒家文化已然不是戰前或戰後最初那幾年，帶著幾許文化氣息，父親也已不再涉足酒家，畢竟回不去他珍藏的心情。而對我來說，改建後的屋宅雖是視野能擴大，雖見到社會遞嬗的交際，可我念念難忘的是六歲以前熟知的天地。

竹籬門外泥土地，起風時泥沙漫天飛舞，說朦朧是朦朧，說迷濛是迷濛，說塵世布滿飛沙，又何嘗不是？誰的人生不曾沾染沙質？誰的人生真能一淨到底？

即使初出娘胎也是滿身血垢，稍加清潔後方能現出本來清淨面目。我是這樣來到父母購置卻被阿祖要求登記他人名下的小宅，本然的我就愛竹籬、茅廁、陰暗的廚房、敞亮的後院，許多年過去，影像依然清晰。三姊和我在後院摘酢醬草，我們無憂無慮玩著，世界彷彿靜止了運轉，只有我們天真笑著，那畫面好美，一直鐫刻心版。偶爾和三姊談起兒時民族路老家，這些三姊毫無記憶，她記得的是出了屋子往左走去有條巷子幽邈深邃，很長很長，有點可怖。這印象我則薄弱，長巷子我有印象，老榕樹也有記憶，可怖是真的，但我少有深入其境的記憶。那時更不知巷子是四通八達，可至柳川東路，也有分岔可至中山路，甚至民族路也還有別條小徑，更不知母親是不是都走著這條幽巷至中山路羅米、到第二市場買菜？三姊說大姊有個同學住在深巷裡，她說著我彷彿聽了一則古老的故事，可大姊明明與我同世代，她的同學怎就成了古老故事的角色？家裡姊姊說起時都只說「巷仔」，沒人說過「古道」，可現今明晃晃「柳川古道」四個字標註在中山路二五七巷口，民族路一五四巷口也有那引人發思古幽情的四個字。

這一段介於三民路與柳川東路的民族路區段，一直很有東洋情味，我從母親口述裡窺見。但無論是雙號這邊的住宅，或是柳川的川上風光，在我幼年已呈現逐漸淡去的日式氣味，是父母之間對話仍以日語為主，勉強讓我有錯置在東洋風的氛圍裡，當然也因家中的紙拉門和榻榻米是不可或缺的載體。否則那時脫離日本統治近三十年的社會漸向脫胎換骨之路而去，屋型構築已有新的潮流，柳川也因安置來臺士兵，而有了時代產物違建吊腳樓，那樣的改變對亟需落腳處的人而言是慈悲，可對川上風光而言，增添了什麼？又或消失了什麼？

有記憶開始，對於柳川的印象便是川畔滿滿吊腳樓的景象，並不厭棄，反而是帶著豔羨心情看待，想著能依川而居，生活用度的水皆取自川底潺潺流經的川水，無形中一直放大那種美感。許是距離外的凝睇，成就那份美，無能罷手，美絕對遙遙相對，又因遙遙相對無能觸及，始終平行著一定的距離，便就認定那是美。

我在這地方生活期間並不久，可這美始終無法淡去，後來雖也常去探望阿祖，但中學之後忙著功課便少去了，阿祖在我高三那年仙逝，從此雲山夢斷，再沒如兒時那樣緩緩步上柳川橋，踱步前去慈光講堂，或立在柳川東路上凝視連綿吊腳樓。然後甚至漸漸忘記柳川，唯有搭乘的公車馳騁在中正路上，經過時若突然想起會想捕捉一點什麼，但車速不等我，倏的揚長而去，我看見了什麼？唯是再從記憶中搜尋。

後來都市更新更快了，遠遠超過我的想像。吊腳樓沒了，樂舞臺拆了，民族路上許多建築已升級水泥版，版本再不是昭和木屋了。好多年後我路過，柳川已不是我熟悉的熱鬧，川底洗滌的婦人、嬉戲的幼童，一一褪去，似是藏身某處了。空蕩蕩的一條川，流經臺中市中心的河川，沒有鳥語花香，沒有樹影人聲，沒有潔淨川水，教人好生失落。於是河川整治刻不容緩，然後柳川新面貌出現了，貌似韓國首爾的清溪川。

我在柳川變身前幾年去了韓國一遊，彼時清溪川的新妝是行程之一，我便有人工修飾過多自然美不足之嘆。河川、山林與人類一樣，符合本色不就是最具特色？

臺中日治時期有小京都美譽，何以不能再現那氛圍？我去京都，逛鴨川、白川、花間小路，恍然回到兒時，甚且進入了父母的年代，多想停格那時那地。是我血液中流著很多父母戀舊的因子吧！我無可救藥的在腦門裡繪著一幅畫，關於我夢中的柳川幽情。W，我必是不止一次在妳面前叨叨絮絮這些，那些七年級生的妳不可能遇見過的景色，若妳真見過，可能是令尊令堂的童年照片，不然便是資料照片了。

不知道是否因我的一再提起，妳也對柳川周邊有著高昂興趣。關於這點，我是羨慕妳的，依然設籍臺中的妳，日日在這座氣候溫和的城市生活，得空便能來走走看看。我們都是擅長記憶的人種，有一回我獨自返回臺中，妳來家裡，我們聊著共同鍾情的城市，妳告訴我，柳川整治完成開放了，晚餐後，妳以機車載我，我們夜遊柳川。夜晚的柳川太絢麗了，亮彩燈光壞了我心中暈黃五燭光的溫暖。妳看見我的惆悵，那些關於從前關於記憶關於美麗。當晚風不小，呼呼吹著，在妳送我回家的路上，柳川西路右轉林森路時我彷彿聽見川水在細訴著什麼，沁涼得很。我們必然經過柳川西路二段一五八號，那是保留留日畫家林之助住處，提升作為紀念館的日式屋宅，我們路過時天色已晚，早過了開放時間，只能藉著幻想沿途有許多類似建物，撫慰我憑弔昔日之心。

幾個月後暮春時分，我們分別由各自的家，相約中山路上的小餐館。輕食館很好，我們坐一樓吃著聊著，洗手間在二樓，得爬一道不寬敞的木板樓梯，很有歲月感。下樓後我告訴妳，這店也是老屋了，妳點頭說早知曉，我又說了那樓梯和我小學三年級的租處極為相似，妳聽我敘述過游牧市區的經歷。小學三年級我們的租處是光復路一二六巷裡一棟木造樓房的二樓，一樓是另一家租戶，我家活動空間在二樓，但廚房、洗浴間和廁所都在樓下後側，兩家共用。妳很貼心提議相去不遠，用罷餐點可安步當車走去看看，於是我們走過興中街，穿過車水馬龍的臺灣大道，踏上了吉祥街。有一度我錯記成當年賃居吉祥街，也是這一回的實地回訪，才恍然大悟於腦海誤植許久的路名。

這一區塊的路很奇妙，興中街過了臺灣大道另外岔出一條吉祥街，然後吉祥街又跟光復路銜接上了，我指著光復路一三四號臺中天主教職青活動中心，說著又說著那年的點點滴滴，然後我們緩緩踏入，我指著某個空間告訴妳，那兒是當年每日午後歌仔戲現場演出的空間，隔壁小室是導演說戲和未上戲的演員休息空間。整個場地環視一遍盡入眼底，兒時這地方是無可丈量的大呢！是我這雙眼數十年來看多了各式建物，見識了許多空間配置，或純然只是我不再是仰著頭看天看世界的小孩，所以感覺小而美了？

我習慣說這地方是中聲廣播電臺[1]，一走進便是安然安心安穩，與我小時候一樣，

1 中聲廣播電臺：民國四十二年創臺，臺址臺中市吉祥街一號，當時中部唯一民營廣播電臺，傳播天主教福音為主，並播出歌仔戲，次年電臺擴建，遷至現址臺中市光復路一三四號，營運至民國九十九年十月停播。

純善的組織未設柵欄，展開胸懷歡迎來人，我感受到這份美好，W，妳必也是吧！我們倆正說著聊著看著，一位較我年長的修女自外頭回來，一入內看到我們便笑容可掬的招呼著我們，修女是劉修女，與當年我遇見的神父一般親切。那一日我心裡彷彿堵著滿滿的思鄉情緒，可當我站在光復路一二六巷巷口，一時近鄉情怯竟就無法提起腳跟走進巷子。

先前我跟妳說了許多關於巷子的故事，包含這是一條有盡頭，俗稱無尾巷的巷子，以及巷口像是穿越拱門似的，因為頭頂有建物。半百之後的眼看那巷子仍是長巷，但因著早已不是兒童純淨的眼，巷子因此狹窄些了。我無法立在巷口多做緬懷，往日已遠，因為有當年那樣的生活，有中聲廣播電臺的休閒處，才能長養了日後的我，我在心裡深深感謝光復路一二六這條巷子，然後我們回頭，走回中山路妳停放摩托車之處。

我們沿著柳川走，我的鄉愁都從這裡來。又一次路過興中街，我跟妳說起民國六十四年一月二十八日的爆炸案，爆炸發生於我到學校溫書的上午，是下午回家公車行駛至第二市場，透過車窗看見路面滿是玻璃碎片，晚間看了新聞報導才知，因為年關下屯積了大量爆竹而引發爆炸，那起重大意外妳必也閱讀過翔實報導，總共三十一人死亡一百五十幾人輕重傷。我們走過，不免哀傷，無常總隱身日常，多少年過去了，依然是記憶中的警醒。那時阿祖還在，母親也掛心老人家有否受到驚嚇，差了姊姊去探視，才知那起爆炸威力之大，竟生生炸飛了一顆頭顱在阿祖屋子後院，那可是有一段距離的呢！

我們越過中山路，從中山路二五七巷進入柳川古道。這是一條時光隧道，我走進了小時候，可卻比我兒時明亮多了，不見蓊鬱大樹，不見陰暗無光，不見嬉戲幼童，時光似是靜止在某一個時候，我蝸牛般踱著，不能太快走完這條古道，心裡有個聲音這麼提醒我。是啊，我離開多少年了，這一次鑽進這條深巷，已非童稚，且這曲徑已有個古道

柳川古道中山路257巷

之名，我得慢慢走著。不急，我不急著回家寫作業，不急著去中山路簽仔店買糖買鹽買醬油，我不急著回家，真的。但我朦朧這一切，那些年我才三四五六歲，長巷已是如今這面貌嗎？據說此道清朝即有，古道一名應是相對於今時而設，巷子裡所有屋宅有些尚存的日式小屋依稀是我兒時景象，至於其他的大約是後來改建過或修繕過吧！但這些絲毫無損於古道之為古道，畢竟當局如此的設定只是取此道自古即有。

儘管古道有不同出入口，但我的出口只能選擇一處，W，妳是明白我的，腳下自然便走向民族路的巷口，沒有理由，那是生命最初的印記。只如今已看不到兒時可見到木製電線桿，想起母親誕下我的那個黃昏，母親說她路上走著就感覺一波波陣痛，她一根電線桿挨過一根電線桿，生怕路上產子，好容易忍著陣痛蹣跚到家，趕快讓父親去請產婆，產婆來了我才落地。我彷彿聽見一聲聲嬰啼，對於那個老宅我有著與生俱來的依戀，才剛要學著大口呼吸，便就不願輕易路邊倉促窘迫，說什麼也要在自家溫暖的榻榻米上，在母親的懷抱裡，父親的凝視中，姊姊的盼望下，還有阿祖的惋嘆聲中，感受屋瓦下的各種情緒，嬰兒的我必是有感的，女孩的我依然被大家疼惜。

那屋子從來就不是華麗美屋，但在我心裡它無可取代，真正是美。所以，後來父母忙著生計，姊姊都上學了，我常走前走後，後院看看，大廳晃晃，然後摸過和隔鄰楊姓人家間隔的籬笆，一片片摸過，再推開竹籬門向外走去，屋外那塊大石頭是我的寶座，坐上去半天不下來。定在大石上似是我那時的人生功課，在那日復一日吐息間，於腦門裡刻下和這屋子攸關的一切，這是這一世或爬或走或跑或跳的起始處，是和家人親密關係聯結的開端，是探索生命學習處世的起點。那時看似無聊的傻坐，原來修煉了很深的情感，這麼想就不難理解何以戀它如此之深。

原來，無需離家五百里，無需遠赴異國他鄉，無需多事牽絆，鄉愁依然是有的。

W，我這麼說，妳必認同，妳我之所以相契，大約也是靈魂裡自然源起的深緣。我有時十分羨慕妳，妳鹽水的老家依然在，親人依然守侯著，而我家五個手足誕生的老宅，因為莫名且可笑的人際互動早早與我一家無關，但在母親心裡一生沒忘，於我又何嘗忘得了？妳可知，小宅是細長形的，竹籬門一推開，右側是茅廁，左側是鋪著紅磚的走道，小孩的視線必然拉長了一些，但其實只有兩根曬衣竹竿的長度，走道右側茅廁後是陰暗廚房，走道盡頭便是大廳了，清楚記得四片木板門扇，大廳的地面和廚房的地面是灰白水泥地，應是現今新語彙的清水模[2]吧！大廳再進去便要踩一階才上了榻榻米，

[2] 清水模：一種非常純粹的建築形式，強調混凝土澆置完成拆模後，即形成非常平滑的混凝土牆，牆面不再上任何塗料或貼磚修飾，而是以最原本的混凝土姿態呈現。

猶記得第一、二間房皆在右側，榻榻米走道底端是最大房間，後院是得拉開第三間房的紙門，紙門外還有一道木板簷廊。我喜歡坐在那簷廊晃著兩隻小腳，俯看園子裡的青草和木瓜樹，仰頭則是看一方清澈藍天，記憶裡那時節日日都是晴空萬里的好天氣，這美一直留在鄉愁裡。

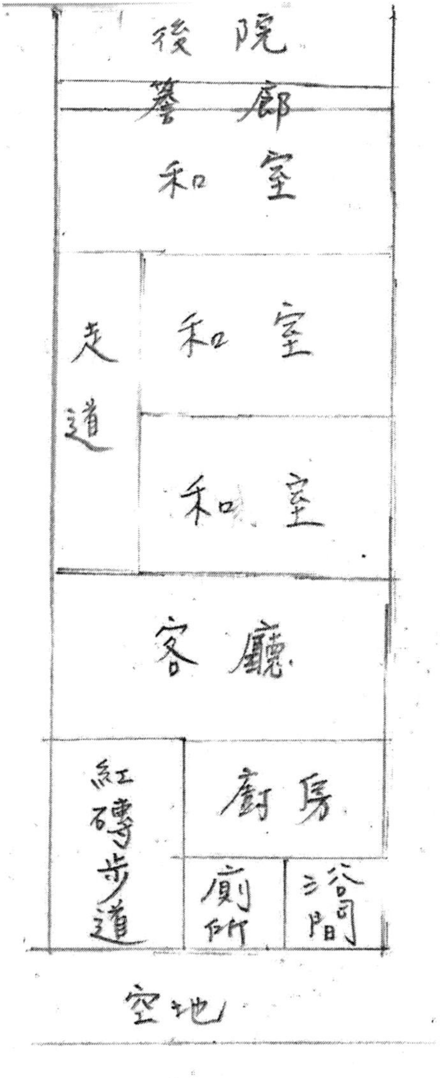

作者手繪民族路老宅平面圖

風翻飛了記憶

於我而言，二〇〇六年是特別的一年，而這特別始自前一年。

W，妳是知道的，二〇〇五年我的母親離世了，我們將母親靈骨放在一處一年三百六十五天都開放的寺院，然後也決定起掘父親靈骨一併移去。於是我開始處理父親起掘之事，才猛然記起父親和母親的離開人間，整整相差了三十年，而且都在春天三月。

這個特別震懾了我，三月，我呱呱落地的初春，當年父母還青壯時候，回眼，卻只能念深深。

父母往生均在我所喜愛的桃月[3]，崔護那首《題都城南莊》一詩，怦怦然直撞進我心門。

3 桃月即農曆三月，又稱季月、晚春、暮春、季春等。

「去年今日此門中，人面桃花相映紅；人面不知何處去，桃花依舊笑春風。」

明明還在榻前陪侍母親，母親說想吃碗粿，隔日先生專程買回來，我一小口一小口餵著母親，怎的那碗那湯匙才洗淨未幾，母親卻已離去經年。

習俗裡父親的起掘奉安儀式，要在母親對年之後，禮儀公司為我們揀擇的日期是一〇六年的清明之前。母親對年那日的佛事完成後，我便馬不停蹄自高雄北上，前往西屯區臺中生命禮儀處第一工作站申請起掘證明，然後和辦事員約了下午三點在父親安葬的二十八號公墓會面，辦事員必須拍攝父親墓碑照片，並記下父親墳塋的經緯度。

我是嫁出去的女兒，父親的墳除了最初安葬祭禮，以及大約二十年前陪同母親去過一回外，這是第三度去到父親的大厝。那日是驚蟄過後初候將接次候[4]，節氣還未到清明，可那日一路由高雄北上都是細雨霏霏，松竹路山坡上的公墓因鄰近萬善祠發心整理，濛濛細雨中顯得清麗許多，映著一碧如洗的天空，花月春風都為父親送行。辦事員

[4] 與二十四節氣對應，一節氣包含三候，故一年共有七十二候。

說或許四、五年後這處公墓也將因都市計劃而有所更動，那麼，我們先一步為父親做遷移奉安，是冥冥之中母親的牽引吧！

我在清明之前那個週六回到臺中，起掘儀式是隔天早上才會進行。正好週六下午妳來了，我們談生活與生命、先人與自己。用過晚餐，妳騎著機車載我巡禮了藏身現代都市裡的舊日巷弄，中興街、審計新村是過去母親因工作十分熟悉的區域。

而我呢？走過否？應是有的，只是記憶遺留在遙遠的年月。

這是啟動記憶的一把鑰匙，然後童年的手不停撓搔，我央請妳陪我走一趟生命之始的河川，於是輾過夜色，車陣裡穿梭一陣之後，妳的摩托車停在柳川東路這一側。柳川水岸新景觀叫我瞠目，夜景尤其華麗，華麗之後還拉出了浪漫，很多人說現今的臺中柳川可媲美韓國首爾的清溪川了！

首爾的清溪川我是在白天造訪的，那時我是外籍人士前去觀光，與我在自己家鄉夜間親臨柳川怎可同日而語？更何況柳川之於我意義更非一般。

柳川以前不是這樣的，我如此說，妳頷首同意。但我想妳來到臺中的年代還不夠長，妳來時，柳川沿岸的吊腳樓大約都拆除了，妳只見過照片裡的柳川河岸風情吧！

柳川吊腳樓獨特生活風情在我記憶庫一個角落，任憑歲月粗糙的手無情搓揉，依舊鑲嵌得精緻。小時候很羨慕那些人家可以臨水而居，開窗放眼便是川水悠悠。曾經幻想過，為什麼父母不是臨岸水果攤商，不然也可以像那操著濃重鄉音的榮民伯伯賣燒餅油條，再不然隨便開個什麼店也好，但我從來沒能在那樣的臨水吊腳樓待上一整天。我一樣只能在走過時獻上我的羨慕。當星期假日大家都在家休息，阿祖帶著我走上民族柳橋，要去慈光圖書館[5]禮佛，沿途百轉千迴的思緒裡，盡是為什麼我家不在柳川畔？

5 慈光圖書館：多位居士建請李炳南老師籌設，俾以講經及蓮友研學佛法，民國四十六年整修柳川西路與民族路口近五〇〇坪汽水工廠，成立「財團法人臺中市私立慈光圖書館」，有書庫、辦公室、閱覽室、講堂、庭院與放生池等。

慈光圖書館

那樣的童稚天真不？妳抿嘴笑笑。

接近民族路時，我遙指著某個門牌跟妳說，我是在那兒出生的。現如今民族路整條街幾乎都是透天樓房，我小時候的住家是日式房宅，即便門牌號碼到如今都一樣沒更動，但我曾經熟悉的地景已然不存在了。

即是如此物非人是，但很奇怪，當我望向民族路一百多號的方向，出現我眼前的彷彿便是當年情狀。左側一株好大好大老榕樹，沿著巷道走進去是姊姊們熟悉的人家，當時我太小了，對那種深巷大宅總是害怕。

四、五歲的我慣常坐在屋前的大石頭，看著從我眼前經過的牛車、三輪車或腳踏車。牛車我沒坐過，但我看過拉車的牛不走了，定格屙屎，以前的媽媽們常會說「毋讀冊將來就去抾牛屎」，但我母親從沒這樣對我們說過。三輪車和腳踏車我則都坐過，和父親在一起就有這等榮寵。以前我總想不通我怎麼會自己一個人坐在屋前的大石上，後來某一天才驀的恍然，原因是阿祖在屋裡照顧小我近四歲還嬰嬰幼幼的弟弟。阿祖很嚴厲，想來我是害怕被罵才躲到屋外去，只要等到黃昏，父母和上學的姊姊們都回來，我便會快樂得像小雞一樣跟前跟後，直到上了昏黃燈炮下的餐桌，把快樂和著飯菜一起吞下肚。

我跟妳說這些故事時，極目望去視線正落在「慈光圖書館」的牌匾上，阿祖就是要帶我去那裡念佛，我這麼跟妳說。我讀出妳眼神裡的詫異，那不是圖書館嗎？慈光圖書館很特別，要進去後方的殿堂，先得經過一個閱覽室，我父親經常到那兒看書報，小時候我不知道臺中圖書館，以為臺中只有一座圖書館，就是父親常去的慈光圖書館。

風，好像大了起來，在清明之前，天氣總也不定。而我，因為這風翻飛了過往記憶，正一頁一頁飛捲著頁緣。

啊！往事如川水，正一點一滴回到心中呢！

W，妳移入臺中雖不若我長久，應也不少年頭了。臺中的各種生活型態，想來妳必是不陌生，但妳一定不清楚以前民族路和三民路的路口，都有很多三輪車排列等候搭車的人叫車，那和現今計程車排班的情況其實是雷同的。

老臺中都知道三民、中山路口就是第二市場的出入口之一，這個六角樓市場打從日治時期就已存在，那時期人稱新富町市場，二戰結束後才改成今日的第二市場之名。母親說她小時候就曾經跟她的阿嬤（我阿祖）去過這市場，許多年之後我的小時候，也常跟著阿祖上第二市場買菜。

我童年時滿街都是三輪車，全然不知日後會發展成滿眼機車計程車自用小轎車，變化的快速宛如川水。兒時每每走過民族路和三民路這個路口，對於喚著行人乘車的三輪車車伕熱情的呼喊，都有股衝上前跳上去乘坐的衝動，可我那個小衝動都會在阿祖的斜睨之下渙散。

妳或許會想，不過是去第二市場，套一句老人家的話，三腳步爾爾，坐什麼三輪車？

但事實不是這樣的！

我四、五、六歲時，每隔一段時間，阿祖就會挑起扁擔，扁擔一頭掛著我和阿祖換洗衣物的布包，另一頭挑的是簡單糕餅類的「等路」（伴手禮），然後我們一老一小出了家門，向著十甲路（有時家人會說番仔路）的嬸婆祖家出發。

那時和阿祖從民族路左彎三民路，必然會經過三輪車排班區，我殷殷期盼的乘坐希望在此處擲地便碎裂，阿祖總說「囡仔人遮無效，才出門就腳痠。」我咬著下唇心裡再燃起一個希望，我知道阿祖慣走的路徑是穿過臺中公園再過旱溪，臺中公園在三民路和公園路交叉的入口處前，又會是另一處三輪車排班據點，我的春秋大夢是或許阿祖會心疼我，然後招來一部三輪車坐上，直奔番仔路嬸婆祖家。這樣的美夢我總不厭其煩一而再再而三的做著，可也一再跌出夢境。

夏天熾烈的太陽，總是曬得馬路像沒有盡頭似的，我其實沒有哭，但臉上卻又不斷冒出水珠。阿祖快手把我拉到樹下，再把她前襟口袋裡的手巾取出來，在我臉上抹擦一把，順口再問我腳會不會痠？

「會啊，我的腳足痠呢，阿祖，咱坐三輪車好無？」

「囡仔人，才行一點點仔路就腳痠，以後做啥好？」

我心裡的失落比幾十分鐘前更深，明明是阿祖自己問我腿痠不痠的啊！

我巴望坐三輪車的眼神，直直飄向那一部又一部等著載客的三輪車，三輪車車伕眼睛很銳利直讀進我的心裡，然後故意撩撥我心思，此起彼落不停向我和阿祖喊著，「坐車喔！」「欲坐車無？」「坐一段路嘛！」「……」

車伕們殷殷望著阿祖，等著她點頭揮手招車，而我則是仰著頭扯著阿祖寬大的唐衫衣袖，盼著阿祖趕快招來一部三輪車。

阿祖總是頭也不回的只朝後擺擺手說了：「免啦，多謝。」

我噘嘴懊惱不情願地用力踩踏地面隨著阿祖走進公園，另一方面則是一再回頭，眼巴巴看著一部部離我越來越遠的三輪車，阿祖明白我心裡的不痛快，摸摸我的頭安撫著，「這一點點仔路爾爾，坐啥物車？若是去新竹、臺北、淡水、基隆，咱就坐車來去。」

臺北？淡水？基隆？那是什麼地方？如果要去那裡就會坐車？

「阿祖，淡水和基隆佇啥所在？」

「淡水喔？是一條溪，就像咱會經過的旱溪；若是基隆，嗯，就像嬸婆祖飼雞的雞籠仔啦！」

於是我心裡孵起一個夢，坐三輪車去淡水、去基隆。我要看看淡水河是否真像臺中這條旱溪，也是一條經常乾涸的溪？我還要看看基隆的雞籠有多大，一口氣能養多少隻雞？有沒有嬸婆祖家的多？

後來我想到有個姑婆在新竹仁光寺出家，阿祖外家在新竹，又不住臺北，於是我問了阿祖，阿祖回答得雲淡風清。

「就算是欲去新竹炁姑婆彼個仁光寺，一逝路遐遠，又閣愛坐火車，我就袂時常炁汝去囉。」

阿祖誤會了，我不是想去新竹，我只是想坐三輪車而已！

那時，阿祖和我頂多在臺中公園內那個小山丘稍事休息，一直到好多年後，我才知道那是砲台山，海拔八十九公尺，是日治時期三個屯區還沒納入臺中行政區時的臺中市第一高峰。

之後，我有過跟父親多次乘坐三輪車的經驗，但與阿祖的，是一塊不存在的記憶拼圖。

然後，不知哪一年過後，三輪車也跑出了生活。

不只我的，是每一個人的。

消散的總角歲月

W，妳乘坐過三輪車嗎？

不是觀光景點提供遊人體現趣味的三輪車喔！

這樣提問實在荒唐，三輪車滿街跑的景象早七年級生的妳許多許多年。

可我，有一個記憶十分深刻。

小時候，常常跟著父親乘坐三輪車到父母口中經常提起的公館仔。那時年紀小，約莫五、六、七歲，坐在三輪車上，三輪車伕拉著街上跑著，大多時候我是忙著聽父親說話，到底經過哪些地方，多數是沒有印象的，等到回過神之後，也是三輪車停妥，已然到了父親朋友的家。

到底公館仔在何處？W，已在臺中生根的妳是否清楚？

關於父親朋友的家，記憶中的畫面總是灰撲撲陰陰暗暗朦朦朧朧，我喊著某某叔叔的父親友人，更是沒有清晰面貌，一度我以為去公館仔是我幻想出來的。但其實不是，真有那樣的情事。曉事後，我常聽母親叨唸父親又去米店糴米給朋友，母親總是在月底去米店結算一個月米錢時，才從米店老闆口中得知父親的行徑。若公館仔、父親友人某某叔叔是虛構，又怎會有讓母親介意之事？

依稀記得每每到達公館仔下了三輪車，我會拉著父親褲管，因為得走過一座木橋，木橋雖不大，橋下或許只是一條圳溝，但我仍因不是日日所見十分熟悉的柳川而害怕。記憶裡那溝水總有水潺潺流動，就不知有魚否？更不知父親是否在該地釣過魚？有段日子父親是喜歡釣魚的，常常釣回不同魚種。兒時不曾做父親釣魚與這條小溪的連結，甚至成長之後也不曾這般串聯，反倒是花甲後遊子溯溪般的回顧源流，才有了這樣的心思。

理應是父與女兩代的友好互動，沉入記憶輾過歲月，回想起不知怎的總均一色的暗沉。除了公館仔地點清楚實在外，我和某某叔叔年齡相仿的女兒玩耍，也是真真切切的，我們在門前臨溪的窄仄空間玩泥巴玩橡皮筋，一逕是平和的歡樂的，印象裡不曾吵過爭過鬥嘴過，或許某某叔叔早叮囑過他的女兒好生對待來客，而我應也是父親交代過什麼吧！再不然便是那時的我與某某叔叔的女兒意識裡均也懂得珍惜這一期一會。

直到再長大一些，我還是不甚清楚，到底公館仔在何處，而那時父親幾乎已不外出離家太遠。

當是時社會進化的腳步悄然無聲地進行著，市街上與日本本田合作的機車（彼時臺灣還沒有能力自行生產機車）數量多了起來，靠行計程車也有增加趨勢，曾經扮演運輸重要角色的三輪車，逐漸被取而代之，漸向日暮西山，重要街口已不容易見到等候乘客搭乘的三輪車了。

八歲那年父親騎機車外出，在五權路與三民路三段銜接的加油站等候加油時，被靠行計程車追撞致使右腿骨折，若我記憶無誤，在父親車禍事件發生的兩年前某個深夜，這個加油站發生過駭人聽聞的臺灣第一起加油站搶劫案件。

那加油站難道是不祥之處？是那兩條路相會的煞氣所致？從當時到現在我都不會這麼去連結。

我所關切的是父親的情況，猶清晰記得那日放學才走到住家巷口，冷不防就被蜂擁而上的鄰居小朋友七嘴八舌的告知，父親出了車禍送到柳川東路三段三十六號的仁愛醫院就醫，等不及奔回家放下書包便急著要去探望父親。彼時醫療技術不若現在，手術後打上石膏住院達三個月之久，之後父親整個心境大轉變，非必要不出門了，而我再也不曾和父親一起乘坐三輪車外出，甚至父親自己也因龐大醫療費用而歛了這心性。

那時期也正是三輪車逐漸退出運輸市場，過渡到銷聲匿跡的時候。

其實總角歲月跟著父親乘坐三輪車，心情是既擔心又興奮，興奮什麼呢？興奮可以坐三輪車遊車河，坐在三輪車上觀看到大臺中的景象，即便走馬看花也是歡喜。至於擔心的部分，則是晚上母親下班回來，知道我跟父親又坐三輪車遊向公館仔，母親會不甚高興。母親生氣的是父親常想著他朋友家裡的米缸沒米了，可卻沒有想到自己家的米缸也會見底；母親倒不是不願助人，她只是盼著父親也能為一家開銷多傷點心神。

說實話，夾在父母中間很為難。我當然知道母親上班很辛苦，可是父親關心朋友，送些米糧給朋友是做好事啊！

如果問我喜不喜歡和父親坐三輪車遊車河？

我會告訴妳，我真喜歡。

不是只有坐三輪車是件快樂的事情，而是和父親在一起就是一件快樂的事。怎麼快樂？其實也說不上來，或許三輪車上沿街欣賞風景教人快樂；或許迎上微風吻臉清涼舒爽心情便會大好；或許父親對朋友的關切讓我看到人情的美好；又或許是我能和同齡小女孩玩耍開展另一種人際互動讓我欣喜。

猶記得那些年都是白天和父親出門，我從沒有夜晚乘坐三輪車的經驗，不知道黑幕罩下時乘坐三輪車，能不能看得見天上的星星？路上能不能看到所有我想看到的景物？都市蛻變得華麗之後，三輪車已成絕響，再也不可能有夜晚三輪車遊街的嘗試，即便我曾熱切盼望過。

後來父親是否還去過公館仔，我一無所知。

年歲漸長後，三年級整天有課，無法像一、二年級因教室不足得上下午二部上課，再沒能有多餘白日供我揮灑隨父親遊車河。

多年來朦朦朧朧，一直認定往昔父親前去的公館仔是在南屯再下去接近烏日的地方，也就一直如此得過且過，不曾再進一步深入探索。直到後來從資料中得知，公館其實是臺中市西區南偏東的一個傳統地域名，我是不是童稚的心眼放大放遠了距離？

可我後來又閱讀到臺灣清治末期至日治初期，公館地區為一街庄，名為「公館庄」，隸屬藍興堡。而藍興堡的行政範圍包括現今臺中市太平區、大里區、烏日區東北部、中區全部、東區全部、西區東部及南區全部。那麼，我少小以來的認知，其實也不偏離，我想這或許是因著父親於生活裡默默傳遞了地理訊息的關係吧！

時至今日，姑且不論我所熟知的公館仔究竟何地，也早已物非人非了。父親仙逝三十幾年，必是與他的朋友另個世界相逢，而臺中城區的發展一飛沖天，任何一處滿眼人車，如何也尋不到我曾經熟悉的公館仔氣味。

除卻公館可能已無昔日我戀她的氣息，即使是父親就醫的仁愛醫院，如今也非舊時樣。

小時候對柳川最深的印象是臨溪搭建的吊腳樓，每一戶空間不大住著為數不少的一家人，貫穿臺中市區的柳川供應著這許多人一家老小的生活用水，到底是一條河養活了千百人啊！

父親住院期間，每日黃昏時分得為父親送晚飯去，去時匆匆，一來為著不讓父親空腹過久餓壞身體，總無暇多看柳川獨特風光；二來對當時醫院裡的電梯諸多好奇，只想尋著空檔試試。出了家門，從中聲廣播電臺沿柳川踽踽獨行，中正柳橋的車水馬龍引不起我注目，隔著柳川與仁愛醫院遙遙相對的樂舞臺戲院也暫時失去興趣，高低不一樣式各異的吊腳樓也失色許多。

原來，我也曾因其他新事物而遺忘吸引我至深的柳川啊！

許多年後，臺中市政府為了維護都市景觀，計畫性地拆除柳川兩岸吊腳樓，然而恢復河川本色後並未積極維護，致令河水無法活化，甚且如一灘死水，任其汙穢髒臭，彼時我家已搬至北區賴厝廍，眼不見為淨之後，我將兒時迎風在民族柳橋俯視川底鐫刻成記憶之畫，吊腳樓因此始終在我心裡。

或許，沿著柳川往下游前行，也能去到父親好友住家所在的公館。但我已成長，不再作興隨著父親遊車河；父親也因為車禍後兩腿長短不一的後遺症，少了外出訪友的雅興；更多的是時代巨輪往前輾去，三輪車早已絕跡於市街，若非自駕摩托車，便是搭乘計程車，這兩者都是父親需要克服的罩門。

年年歲歲，箭一般射過，我遠嫁島嶼南方，父親與我不再有機會同遊車河。再返家是蘸醬油般短暫停留，我的小家庭有車，卻也沒什麼機會載父親遊車河。幾年後父親臥病，榻前只能言語交流記憶同遊，車河拋給神識了。

最後一次與父親同乘一部車，是在父親往生火化後，我與弟弟一同前去領取父親的骨灰，弟弟開車，我抱著父親的骨灰甕，那是父親乘車的最終回，我恆常記著。

不不，W，我記錯了。

民國一〇六年清明前，我們擇吉日為父親起掘靈骨安座與母親同一寺院，這次侄兒開車，弟弟抱著父親骨灰，我隨行，由臺中南下高雄，奔馳於高速公路之上，這才是父親最後一次乘車。

兩百公里的車程，是經驗裡陪伴父親搭車最久的一回。
而這一回，遠離了臺中遠離了公館仔，車河裡沒有一部三輪車。
我曾經快樂的，已不存在。

懷想思念都在心中

杜牧有首七言絕句〈清明〉。

「清明時節雨紛紛，路上行人欲斷魂，借問酒家何處有，牧童遙指杏花村。」

年少讀過沒記牢，倒是自己育養了孩子之後，因為教孩子讀詩反牢牢記住了。

猶記得國中小時期，每到清明，都是隨著父母搭車到樹仔腳的公墓掃墓祭祖，祭拜祖父母與曾祖父母共兩墳。以前不清楚樹仔腳確切所在，只知接近烏日，其實樹仔腳乃清末日治初期的樹仔腳庄，隸屬藍興堡，北與半平厝庄為鄰，西為九張犁庄（現捷運就有九張犁站），南鄰蘆竹湳庄，東則與下橋仔頭庄為鄰。W，妳若有記憶，我提起過母親初入社會的貴人何基明先生[6]，就是下橋仔頭庄人士。相對而言，樹仔腳是臺中發展較早的區塊，後來土地重新規劃，市府公告遷墳，父母遂為先祖們遷墳至北屯大坑的二十八號公墓。

生與死皆能有喬遷異動，可心緒卻是截然不同。城市與人的發展其實也差異不大，沒有恆久的高峰，也沒有長遠的衰敗，樹仔腳曾是臺中發展極早的庄頭，但我國中小學時期，臺中整體城區發展已轉至市區，尤其中區更是一枝獨秀，以臺中火車站為起點，中正路筆直貫穿市區，一路熱鬧至中華路，其實還可延伸至五權路。南屯區、樹仔腳則相對人煙稀少田地較多。可多少年過去後，中區沒落了，城區逐漸轉移至西屯、南屯等早年或菜園水田或荒煙蔓草之地，這是風水輪流轉嗎？如今的臺中市府、朝馬轉運站、中山醫大、大慶車站附近熱鬧非凡，離鄉二、三十年的人再回來怕要誤以為走錯地方了。

風吹陣陣，我在風裡走著，記憶也如書頁快速翻飛，說到底，兒時在市區裡的生活好似纏了足，活動切面只在小小行政區裡，彼時街景雖不若今日高樓大廈櫛比鱗次，交通來往車水馬龍，可市區依然放眼是人（行人）是車（腳踏車）是建物（平房、兩三層

6 何基明先生：臺灣第一部三十五釐米臺語影片《薛平貴與王寶釧》的導演，此電影為二戰後第一部臺語片。

樓房），非得向市郊去，否則難見綠地，唯一常去的是臺中公園，從我民族路老家走去其實不遠。

臺中公園的規劃是在二十世紀初的一九〇〇年，臺灣總督府在市區改正時，棋盤式道路規劃外的一項。最初選定的位址是臺中火車站那塊地，後來因縱貫線規劃經過，公園才變更至新高町，即目前中山公園所在處。一九〇三年十月落成啟用時的名稱是「中之島公園」，初始也無後來的臺中地標「湖心亭」，「湖心亭」的嵌入臺中市景還是在明治年間，父親母親都尚未來到這一世。

「中之島公園」落成後五年才完工的「池亭」（後來改成今日湖心亭之名），這個建築本是為歡迎前來臺中主持「臺灣縱貫線全通式」的日本載仁親王而興建的「御休息所」。實在是因特殊優雅的造型而保留了下來，並成了臺中市民的精神地標，但開放民眾參觀的年代卻已離了明治時代，是在大正年間

臺中公園全家福

臺中市民才有了欣賞的機會，那是載仁親王蒞臨臺中六年之後了。

偌大的臺中公園滿是蒽蒽蘢蘢綠樹，包圍著公園路、三民路二段、精武路、雙十路一段與自由路之間的區塊。這座臺中公園占地遼闊，我最常跟隨阿祖走三民路這頭進入公園，穿過公園再由精武路出去，一路走過旱溪，過了旱溪才能見到迤邐一片，直到山腳下的綠地，這是因為出了城區將行向郊區了。我其實很喜歡天寬地闊的感覺，看到的天無以丈量的遼闊，藍澄澄潔淨一席棉巾，柔軟舒適，在這樣的天空之下，無愁無憂，心是一湖澄澈的水，即便旱溪總乾涸，但我仍歡喜的在豔陽下健走。

番仔路（十甲路）的叔公祖嬸婆祖早等著我們了。都市囡仔的我，只有在嬸婆祖家才有融入大自然的愉悅。相較起來朝東向番仔寮去的機會多過南行的樹仔腳，但這麼說又不盡合情，六歲之後搬離了老宅，從此城市各行政區飄盪，便不再和阿祖老少聯袂前往嬸婆祖家作客了，這樣總計下來，走訪兩個郊區的次數旗鼓相當，幸運的是，到底鄉村沃野景致都入了我的眼。

大坑地名自小便如雷貫耳，野溪丘陵適宜健走郊遊，高中畢業那年，大學聯考後我曾在大坑烤肉，此生僅僅一次的大坑烤肉活動，不是學校同學籌辦，是當時鄰居友人小妹主辦。小妹費心召集了鄰人歲數相當剛經過浴血奮戰勇闖窄門的鬥士，唯有小妹自己不是，國中畢業她選擇商專就讀，彼時她已專二。我們這組烤肉團不到十人，那是青澀澀的十七、八年紀，看什麼都蒙上一層薄膜一樣的藍，有點Blue，「Blue Blue my world is blue……」、「藍色的燈，藍色的月，藍色多憂鬱……」是這樣的沉悶，所以小妹尋個機會讓我呼吸新鮮空氣嗎？大坑山徑崎嶇，不時傳來涓滴水聲，山在眼前水在身邊，人生將要昂揚前行，沒理由不掀去障眼的膜啊！

大約有個心緒是某個鄰人臨時爽約，缺席了我們烤肉團，不免嗔著：有什麼事比鄰居九年的情誼更重要？當時如此想，可青春期之後橫亙兩性之間的不自在，我是如何也不會開口問，何況男孩家境不錯國中選讀教會私校，早不同路了，或許小妹並無禁忌，畢竟小妹哥哥與缺席男孩是二中之友。

人生許多事往往在某一時某一處便透漏了玄機做了預告。放榜後唯獨烤肉缺席的男孩落榜，於是其他諸人包括我，先行一步體驗窄門裡的新鮮人生活。新的學習場域，我鍾愛的女子學院，校園雖小卻日日有驚豔，新的活動新的朋友，暫且忘了一些人一些事，巧的是母親服務的銀行興建了一處公寓社區，開放員工認購，母親毫不猶豫地購置一個單位，我們遂告別住了十年的平房小宅搬家新公寓了。然後某一天，下課自學校返家，小妹騎著腳踏車從北區踩踏到西區，已在家候我多時，小妹帶來悲慘消息，一年前缺席烤肉的男孩，是金榜題名了，但仍舊上不了學，因報到途中一場交通意外而自人生永遠退席了。

W，這是我們生命中類似的記憶點。

然後一年年風來了又走，於是淡了，淡了，再淡了。

後來我去大坑的次數竟莫名的多了。

大學同學中有一位家住大坑，偶爾我們臺中七人約著就去她家坐坐，屋後逛逛，遠一些就逛到有水流潺潺處，沿途車少人少，蜿蜒山徑唯我們幾位女孩所有，我們恣意說笑，有時還笑得放肆，完全不在意各家母親總掛在嘴邊的「查某囡仔人愛留予人探聽。」探聽什麼？偶爾一次開懷大笑不致就放浪形骸了吧！可不是嗎？若換了同伴，怎能有如此的自在放鬆，這是同窗好友才得享的毫無遮掩哪！

那幾年大坑宛如市區住民的後花園，我便是如此心情，初初和他校異性交往時，曾以盡地主之誼之想，領著自風城而來的理工男走一趟大坑，或許不見得鳥語花香，但山徑四圍綠的綠翠的翠，轉換溫柔對待視神經，何況燦爛驕陽還許了光明前程。不料，夏日午後變天較變臉快，沒做事先宣導，雷陣雨便直接打了下來。矜持霸著腦神經沒得商量，綠花傘只我一人撐著，那男子在我傘外淋了一身。我只一念，男子不是我的誰，傘下世界不與共。後來說給同學聽，咸被判定冬烘。也許，真是被那「留予人探聽」給荼毒了。幸而，那位風城理工男也謹守分際，未唐突自闖傘下，好感於是加多些。數年後這人入選東床快婿，我倆新婚之日便共撐一把傘了。恰巧洪榮宏唱紅的〈一支小雨傘〉，便是黃敏先生在我結婚這年就日本旋律重填臺語歌詞，這是怎般的巧合啊！

這事現在說來好笑，完全說不清雙十年華裡莫名的自我要求。到底是青春期過後的大蛻變？還是長輩常說的「留予人探聽」魔咒奏效？又或者是進了中文系，讀著讀著越發像古人了？總之那陣淋濕了年輕男子襯衫的雨，彼此都難以忘懷，後來每談起，各有不一樣的反應。

那是醍醐嗎？灌了誰的頂？他的？我的？他或是在這其中迸開了智慧小芽。於我而言，那雨莫如天降甘霖，甘霖落我傘面，間接滌去心口旁生的憂思雜念。清淨的路徑，清淨的人事，清淨的心靈，在倏忽又現的清淨藍天映照下，回歸最純粹的人我互動，無論哪一層關係，有顆明亮本心才是基底。

大坑午後那一場雨，或許只是序幕，第二大幕則真真出人意料，婚禮前一日我先下屏東市，入住王子飯店，一直到準新郎陪著新娘團一群人用過晚餐返回鄰鎮時天光依然亮采，卻沒想到入夜後原本氣象預報將由臺東登陸的颱風偏轉了個身，由恆春半島直撲而來。婚禮相關所有事皆已就緒，只待次日吉時上場。這夜饒是風兵雨將陣式齊備，這麼想便是對立，需迎面而戰；若視這不速之客是備齊賀禮，一路鑼鼓喧天而來，便不能視作天公不作美想，而是老天的另一款熱鬧慶祝。說實話，那晚我真不焦急，但聽說準新郎徹夜未眠直盯著屋外風雨，他可是領悟了什麼？於我或因這場突如其來的風雨，之後在〈一支小雨傘〉大流行時期，不能免俗的也熱衷唱著。

「咱兩人作陣拿著一支小雨傘，雨愈大，渥甲湛糊糊，心情嘛快活……」

於是總會聯結到大坑的那個午後，雨下得那麼突然，來去都急，所隱含的生活啟示。我想我明白，那位木訥先生應也有所體悟，所以與他才能一路走著，有風起時有雨來時迎向它，有傘無傘均是自己的人生。

大坑在北屯這方向，我與妳向來中區見面，再有延伸，則南區、南屯或大里，或者妳也來過此地，善健走登山的妳，可曾在路途上遇上風雨？妳聽出風對妳說了什麼？雨又呢喃些什麼？

W，若妳也曾行經松竹路，丘陵地形其實視野開闊。

之前到大坑不走松竹路，自然遇不上二十八號公墓，先祖們遷葬後便也不曾路過，否則定會在心裡默念懷想。父親於七十五年三月仙逝，便也循著先祖腳步安葬二十八號公墓，墳塋較曾祖輩的再往上行，依著墓區小徑修築，出入方便視線良好。猶記新墳修築那時，我們姊弟在母親帶領下全員參加，意義上是父親入住新厝，另一層意義也是讓父親看看他的子女平安健康，大可放心安住天家。

出嫁的女兒大多掃的是夫家祖墳，出嫁後的我曾有一年正好在農曆三月返臺中，彼時弟弟因緣際會遠走臺灣東部，路途遙遠，我便在三月初三，俗稱三月節這日與母親敬備薄禮，母女二人清簡掃墓。那時的大坑還很大坑，和大學時與友人閒逛之景相去不遠，繁華還沒入侵。

但二〇一七年，三度來到墓區，但見松竹路對街整排美輪美奐屋宅，對首望著的先人們景觀算得是優美了。殯葬單位陪同丈量經緯方位以便申請起掘證明的辦事員，不諱言臺中起掘制度的設計耐人尋味，民眾自主申請起掘得繳納五千元保證金，方能取得起掘證明書。說是依規定起掘後處理完善，保證金便能匯回，但潛規則是抱定保證金不取回的心態，因為起掘移靈晉塔之後，誰又會特意回公墓聯繫清運公司載運起掘後的廢棄物？

於我而言，母親往生對年後，遷移父親靈骨與母親同在可聽經聞法的佛寺塔位，遠比此等繁瑣雜事重要。同樣的作業程序，在屏東縣便有不一樣的流程。申請人先至鎮公所申請備案，起掘後立即將墳地泥土回填恢復完整原貌，拍下照片上交，即可領取起掘證明，方便不刁民，也無所謂的保證金，貼心備至的行政處置，果然大都市欠缺嗎？還是都會城市與縣治各不同調？但民眾觀感難道執政者不該看重？陋習陋規何處不有？小國民就不多話了。

母親生前便中意的佛寺萬壽園，依山面水，視野更見開闊，甚至能望見越過溪流極遠處的山脈，我與弟弟都住在鄰近的市區，或特意或路過，都會下車走上山看看父親看看母親，順便報告子孫諸事。

人生一遭，生時如浮雲，一處輾轉一處，何處有根？

莫說其他，父親大正十五年（那年十二月二十五日起即進入昭和年代）出生，父親出生前祖父母才從臺北汐止（原名水返腳）遷至臺中，據說沿途暫居過桃園、新竹，苗栗也小住過，直至臺中，臺中驛站前的開闊，新盛溪（綠川原名）的美引得他們落腳橘町四丁目。而母親則是生命在兩姓之間異動，從乾溝子到川端町，童年住地變異不大，是在自組小家庭後反受制於非血脈的人情事理，爾後成了市區游牧家庭，雲一般四處飄盪，聽風在耳畔呼呼作響，無論幾月，風總沁涼。

有段時間，母親也跑寺院，每逢初一、十五便邀著我們至大坑一座寺院禮佛食用齋飯，母親親近的道場不在市區，不是慈光講堂不是蓮社，母親親近山坡小寺院，入寺朝拜得先爬一小段山路，行遠必自邇，千里之行始於足下，母親以著身體力行為我等姊弟做示範。母親的體現佛法在生活，到寺院先禮佛，然後挽袖幫忙，布餐具、端食擺菜，餐後幫著善後清洗，離去前必當奉獻布施。平常母親教導我們「吃人一口，還人一斗」。尋常朋友之間尚且如此，何況面對佛家，更是感恩之情泉湧心頭。

母親到底是預見了自己身後事，佛寺為其最後依歸，竟非中年之後她常去的大坑佛寺。母親果然睿智，早一步透悟了城市開發的轉折，樹仔腳的公墓因都市計劃得做全盤處理，先祖及父親雖安葬二十八號公墓，但誰能知何年何月將再更新？果然二〇一九年清明，弟弟攜子返臺中祭祖便已見到公墓遷葬告示。到底還是依在佛門，才能免於紅塵俗世幾經折騰。這之中更多的是母親的慈心，子孫後代每到清明再不需舟車勞頓，再不必暖涼晴雨，都得走一趟大坑二十八號公墓，清掃除草壓墓紙。

現下，清明無論晴雨，臺二十一線寬敞明亮，心情似郊遊，態度是敬謹，時間不匆忙，問候懷想思念都在心中，一個固實角落。

懷舊且寄風中

時光荏苒，w。

那個夏日八月，我返臺中，四維街的春水堂是我們敘舊的地方，我說記憶妳說印象。

所有的記憶都成了故事，我只能這樣跟妳說。

僅僅只是一個世代之差，關於我曾經熟悉的地景，妳可能已經無法在這座妳目前日日生活的城市遇見。但那些曾經真實存在過，我如此說著的時候，彷彿還能在空氣中嗅到那特殊氣息！

然後，我們沿著四維街向北走，雖是炎炎夏日，可我們走著一陣清涼，風起無名處，淨爽了一顆本會躁動的心。

於是，看著臺中的天空很美麗，該怪我遺忘她多時。

越過三民路一段，我不去一七一號的忠孝國小，因我不曾就讀忠孝國小，可我又與忠孝國小脫離不了關係。

W，我說過，妳明白。

遠遠的我便瞧見我幼稚園母校——忠孝國小附設幼兒園，外觀和幾十年前大異其趣，可幼稚園對街斑駁的日式屋宅卻翻轉出和姊姊一起上學的記憶。

儘管我只在四維街進出一年而已，可那記憶十分鮮明，我都還清楚記得姊姊帶著我進了幼稚園，然後她才從幼稚園連接小學的小門穿過去忠孝國小。幼稚園點心吃紅豆湯的滋味彷彿還在唇角，幾分甜意。記憶深刻的是有一回點心是一顆橘子，我沒吃，

忠孝國小附設幼兒園與作者

下課後帶回家給阿祖供佛，阿祖領著我拜佛，佛已在我心中。

想必那一年幼稚園帶給我非常美好的感受，我後來會喜歡上學，應該是起源於忠孝附設幼稚園的啟蒙學習吧！

比半個世紀還多的歲月一晃眼就過去，學校還在，周圍景物卻已非舊時樣，看著對街閒置破落的老屋宅，不禁唏噓！人、事、物，哪一個不是在日復一日的淬鍊中更顯精華？又哪一個不也是在日漸一日的摧毀下露出疲態？上天似乎公平，無一不受洗禮，可也無一不被損傷。我自己都已枝葉漸衰，那些我童年便已存在的地景，哪不會破敗？哪可能恆久如新？就算我再喜歡。

我喜歡那樣滿眼都是木造日式房屋的年代，以及在那樣的屋舍裡最平常不過的日常生活。可在我忙於各級學習、各種人生試煉的數十年間，臺中老城區裡那些原是平凡的日常，竟就無聲無息的成了過眼雲煙；成了廢棄荒地；最終最終或許也只成了緬懷過去的古蹟。

到底，能不能在蛻變進步中，保存足以反映這座城市的時代氛圍與文化底蘊？

豔陽下，倚在幼兒園大門邊，攝下了一幀照片。想想，是趣味也無奈，當我從幼稚園畢業時，照相是專門行業，還不曾蔚為庶民日常事項，那年代拍照得慎之又慎，我因此不曾和我的學校合照。而今3C產品充斥市面，手機拍照功能繁多畫素又高，隨手便能拍照合影，自己便能成為攝影師，可我卻已不是五零年代留著妹妹頭的小女孩。

花甲大齡女在幼稚園大門的留影，請別突兀看待，只是到此留下紀念，也許懷舊情懷也兼而有之吧！

四維街轉個彎第五市場就在不遠處，半世紀之前，我讀幼稚園的時候，必然與市場不相聞問，逛市場不會是當時我的日常，可這日我來了。巡禮路過第五市場，妳陪著我且說且行，走向臺中文學館，很文學的場所其實是日治時期的警察宿舍，臺中市政府予以整理保留作為文化資產，相當程度的保留了數十年前的建築樣貌，以及庶民生活裡的東洋風情。

不久前，有一次女兒駕車，我們從高鐵烏日站離開，要去崇德路訪友，女兒依著Google Map指示行駛建國路左轉三民路，因此之故便經過了忠孝國小。那幾日臺灣受西南氣流影響中南部時有豪雨，彼時正下起我不曾見過的滂沱大雨，女兒以時速三十公里的緩慢速度行駛，我得以有機會向她說明前一個夏日八月妳我穿越三民路的種種。

女兒一路開著，接近民權路時，我與女兒介紹左側是臺中醫院，我的外公即母親的養父病逝於此，右側是臺中市議會，經過與民權路相交的十字路口，右側有家始自日治時期的木造建物，且已經營超過一甲子的「滿吉」洗衣公司。我跟女兒說那是我大學同學娘家，大學時我去過，當時同學的父叔們尚未分家，是同學阿嬤掌理全家事務，日日都可看見同學阿嬤坐鎮店裡的藤椅上。

街景倏的即過，要說的都來不及說，女兒已看見第二市場，她驚呼前不久她才和高中同學閒步踱過。雨還是潑濺似的直往車頂倒，我們把臺中公園遺留在右後側了，然後女兒看見中友百貨，我看見育才派出所，忍不住拉長脖子想看得深遠些，小學二年級我們就住在育才派出所後方的巷子呢！

一晃眼，那已是數十年前我們小家庭的一則異動記事。

這個雨日，我在大雨中與兒時街景相遇。很快的女兒將左轉至崇德路，我在抬眼時看見一心市場，我向女兒喃喃道：「一心市場還在呢！我小學一年級時住在那附近……」女兒全副心神在多路口的交通號誌上，我雨日憶往純粹只是個人行為，絲毫引不起共鳴。

同一條街同一個景同一件物，兩代人可能就有不同念想了，女兒正青春，我的童年太遙遠，她無感也是理所當然。這一點，我與女兒截然不同，我總愛想起父親母親的兒時與青春年代。記得兒時家裡有一頂父親的打鳥帽，母親說父親從終戰前就很喜歡戴那頂帽子，幾乎天天都戴。那是怎樣的情懷，除了父親，誰又能知？

妳知道嗎？W，我一直到很久很久以後，因為申請了父親的家系戶籍謄本，才知道爺爺奶奶遷居臺中後先是落腳橘町四丁目，我這麼說妳必然能夠連結到，之前和妳說過父親的故事，我自己也才豁然開朗，父親之所以熟悉榮町市場（後來第一市場、今日之東協廣場），之所以對醉月樓情有獨鍾，都是因為地利之便啊！

無論市場或醉月樓都緊鄰綠川，我知道妳忒愛火車站前那條綠川，可妳之前一定不知道綠川原名新盛溪。我們臺灣人向來以河以溪作為水流之名，呈現其流水悠悠，為何新盛溪更了名？那其實是西元一九一二年（大正元年）臺灣總督佐久間左馬太至臺中巡視時，下了火車出了臺中驛站不久，一眼便為新盛溪兩岸扶疏綠柳著了迷，便做了改名的主張，綠川一名於是傲然於臺中驛前，直到如今。

「逝者如斯夫！不舍晝夜。」

這川的確也如孔子所說，年年歲歲日日夜夜川流不息。

何止綠川水啊！承載著自我們父祖以來，甚至未來若干代之後的我們子孫命脈的城市，也在不同世代的人們雜沓步履下翻轉，翻轉出今日的新面貌。

火車新站啟用後，妳的心情一直無法如現今車站屋頂外貌的蝴蝶展翅，這座臺灣站體最高的鐵路車站，總令妳撫今追昔，然後妳問我，關於舊火車站最感興趣的是什麼？妳說妳的記憶裡有長了根的橘紅色屋頂和大時鐘，雖然在九二一地震時像搖晃蛋糕。

我便想起十八歲那年告別清湯掛麵生涯，母親事先幫我買了對號快車票，讓我一結束聯考便能北上探訪姊姊。

說實話，當時火車站裡外人潮洶湧，亂如菜市。初時還恍然以為我上市場買菜，回過神來才想起是要北上。彼時市場的錯覺，致令我不是很喜歡這座始自西元一九〇五年便啟用的火車站。許多年後，當我需要在這裡等候男友（後來的先生）或送他搭乘火車，才開始張開眼多看了幾眼，突然之間對這個擺渡旅人的驛站景仰了起來。

於是我留心到了時鐘，無論接人送人，鄰近火車站時必會抬頭注視良久。婚後我離開臺中，時鐘與火車站都成了記憶鑲嵌的藝術品。

妳總感嘆，朋友來臺中，一出火車站，便迷惘於站前的荒涼景象，一致的疑問是，這真是臺中舊市區嗎？

妳遂問我，是否記得舊臺中火車站在二十世紀的面貌？我該如何回答妳？我是直到二十世紀後三分之一才開始親近它，當它還名為臺中驛的時候，又是怎樣風情，大約只能歷史檔案中尋找了。

然後妳會在資料照片中看見，二十世紀初葉，我母親童稚年代的臺中驛，人煙也非熙熙攘攘，站前也不繁華，但我們都神往那樣的古樸。

或許火車站前曾有妳認定的光鮮亮麗，但當時光推移之後，回復平凡人世，便是現今的素顏。可能得要經過一段時日，方能發現由絢爛歸於平淡也是一種特色。

可不是嗎？新近整治綠川，刻意保留了中山綠橋上的鈴蘭浮雕，那可是從日治時期便有了呢！綠川整治後說是小京都的風情又回來了，妳溜達過，感受如何？

我呢？我在橘町走著，雖然現在此區不叫這名，可車水馬龍裡我走著，盡力想像童年的父親。

W，我很歡喜的是近些年復刻了醉月樓，即便建物位址及外觀與經營模式都不是舊時那樣，但我仍想去走走看看，體驗父親的醉月樓情懷。

此際，我且將醉月樓先寄予風中，待得他日，醉月樓上餐敘茗茶，就妳與我。

父親走過的路

W，妳曾說當朋友出臺中火車站見到那蕭索的狀況，會質疑傳聞中的繁榮，怎一個萎縮光景。

妳說妳其實不喜歡現今臺中火車站的模樣，味道全沒了。

的確，往日風情盡失。

我是高中之後，每日需至火車站轉搭學生專車到鄰縣高中，才開始踏入父親幼年熟悉的區塊，但我愛極了那時的站前。橘町四丁目現今臺灣大道一段，綠川東街、成功路與建國路包覆的區塊，原來我高中之後的許多年曾走過父親兒時走過的路，當我這麼想著心裡便無比歡喜。

臺中火車站自從一九〇五年五月啟用之後，出了臺中驛站便是橘町，想當然耳的是熱鬧非凡。二十一年後的一九二六年父親出生，我原以為父親出生後祖父才南遷，事實是早在父親出生前，祖父便領著一家由臺北南下，應是出了臺中驛站便喜歡上這座城市，所以落腳橘町。父親便是在橘町出生，他一生都愛臺中。母親的出生地是臺中州大屯郡北屯庄乾溝子一百三十一番地。小時候經常聽母親日常交談提及「乾溝子」，原來是因為母親出生於此，我曾經很長一段時間將乾溝子混入相鄰的何厝庄。日治時期此區歸化北屯庄，但其實就在我們游牧中西北三個行政區時，都很容易就去到如今的西屯路一段附近。若要再說得精準一點，便是現今自然科學博物館的東北側，再往外擴至健行路、西屯路一段與三中西巷那附近，甚至還可再外推一小段距離。此地清末至日治初期稱為「乾溝子庄」，隸屬揀東下堡，北側一小部分與水湳庄為鄰，東邊接鄰賴厝廍庄，南為後壠仔庄，西有麻園頭庄與何厝庄，二戰後劃入臺中市北區。

我們不是一起細查過中華路二段一一二號隱身的中華國小嗎？後來我們也都知道中華國小已遷移至北區漢口路。

但，W，妳知道嗎？現今的中華國小那處便是往常我母親口中常提起的乾溝子，這是多麼奇妙的一件事啊！母親的生命起源地原來和我有這層隱形聯結。

母親和我的另一個微妙關連處，是她在原生家庭的出生序是四女，我極幸運也是這樣的排行。人生因緣忒是奇妙，冥冥中一條看不見的線牽引著走在臺中這座城市，父親由綠川來，母親於昭和四年一月二十五日養子緣入籍川端町，便在近柳川的川端町生長，綠川柳川兩條臺中美麗河川薰陶我的父母，而後父母養育我們五個手足，美麗的城市美麗的河川美麗的家人。

個性上我深有所感和父親極為相近，但自己又會推翻前說，母親的性情與喜好，我也神似了幾分。關於書寫這一項，母親一直多所鼓勵，從不曾扼殺我的興趣，高中大學時期更經常將我的短文小詩拿去投稿她們公司的刊物，若說今日我有一點點微不足道的成績，那便是母親完全包容之下全力支持的結果，小小果實是母親栽種的，合該敬我天上的母親。

關於母親完全包容我寫作的心情，或多或少是彌補她少女時期的缺憾。其實母親少年時也愛書寫，可後來宥於生活，再不能放任自己築夢，畢竟現實生活中日日三餐不能不顧。

W，我曾與妳談起母親刊登在民聲日報的那篇文章〈過去像個夢〉，確切日期母親口述時表明已忘卻，但她記得是在市府職務調動至稅捐稽徵處之後的時期，我大膽推測大約是一九四八年初她滿二十歲之前，那時期她養父已往生數年，就連她祖父也離開了人世。如果母親的養父仍在世，一定會如母親支持我一般的成全她。然而一切都已命定，所以從某個角度看來，我是不是連母親的夢一起追尋了？

高中之後走踏臺中火車站一區如入自家灶腳，那時中正路雙號這一側有大眾書局和學海書局，我雖不知這兩家書局於何年開始營業，但我深信嗜好閱讀的父親一定逛過大眾與學海兩家書局。妳曉事之後，市區逐漸西移，恐怕已無這兩家書局的身影了。幸好經妳再往深處記憶搜尋，想起了小時候還見過學海書局，只是沒進去逛過，然後妳依據學海書局電話號碼停留在五碼，判定應該經營不超過一九八〇年代，因那之後臺中的電話號碼已改為六碼了。

人說十年便是一個世代，妳我之間何只一個十年，可妳我卻是許多關於文化的城市的交流，都能有一致的看法，幾年在我們之間沒有太明顯的區隔。但這座城市運轉時程到底是久了，尤其是由驛站向櫻橋通而來的這個區塊，包含一路延伸到中正柳橋，甚至繼續北走至中華路、五權路，都在時代更迭下沒落了。

我看著兩川之間熱鬧繁榮的時代倏忽遠去，不勝唏噓。

記得妳曾經問過我，二十世紀的臺中火車站印象。其實我很小很小就進出過臺中火車站。我家老照片中有一張大貝湖照片，高雄大貝湖與臺中火車站何干？那是母親帶著三姊、弟弟和我南下高雄拜訪阿姨，那時我約莫四、五歲，少不更事的年紀，我們必是乘坐火車南下，否則那時代還未有高速公路，倘若藉由一般公路各縣市流轉，耗去的時間必會很多。彼時母親已在臺中區合會儲蓄公司任職，一週只有一天半的休息日，想必鐵路是最有效率的交通工具。母親陪外婆南下，還帶著三個年幼孩子，不搭火車怎行？可即便我在那樣年幼時候就隨著大人進入月臺候車乘車，若不是留下這麼一張照片，興許連我自己都記不得曾在那麼小的年紀進出過臺中火車站。

上圖　舊臺中火車站售票大廳
下圖　舊臺中火車站外觀

對臺中火車站有較深印象時已然高中了。那時對火車站及站前日治時期橘町三丁目（今臺灣大道一段、中山路、建國路與綠川東街合圍區塊）、四丁目等地段極為喜愛，除了雙號數這一側兩家書局讓人著迷外，單號這一側建國路與中正路的轉角三角窗是一間西餐廳，遺憾沒記得店名，一路走過去各式各樣商家，來到銜接綠川東街的三角窗是義美煎餅。義美就記得忒牢，一來是小學時期特別盼望年節送禮，有人饋贈義美煎餅，那香氣總能唇齒留香許久許久。牢記義美的另一個因素是，後來大學就讀女子學院，若有他校男同學邀約班際郊遊，集合地點總約在義美店外。

我想著必是冥冥之中有股神奇力量，否則那時節我尚不知父親童年住家便在橘町四丁目，便已深深戀上這兩丁目的區塊。

高中三年週六校車回到臺中車站都近午時一點，有時第一市場內肉羹麵一碗匆匆果腹，便就又從原出入口走回雙號這一側，不需多做陳述，妳必知道，逛書店去也。如今想來，書局經營者簡直經營慈善事業，多數人到書店裡只是看書，一站數小時，一本書若一次看不完，下回再續，我便是如此悠然享受書局看書時光，買書時候少之有少，實在是阮囊羞澀啊。偶爾投稿有個幾元稿費，就會存下來，累積到十幾二十元了，便可買下一本喜歡的書，如《馬克吐溫傳》、《悲劇哲學家．尼采》、《夏目漱石選集》等。

這一側向著車站走去的轉角處原是豐原客運乘車處，騎樓還有賣茶葉蛋和包子的小攤。之所以記憶如此深刻，是高一入學沒多久，大約十月下旬秋涼時分，母親事先規劃了帶我和就讀小六的弟弟進行一趟谷關泡湯行。我週六放學搭學生專車抵達火車站，便直接步行到豐原客運這處和母親與弟弟會合，母親早整理了我的替換衣物，當晚我便能換下學校制服。

母親喜歡泡溫泉，不知始自何時，但我知道母親新婚蜜月是去了關子嶺，那也是一處頗富盛名的溫泉區，只是母親遇上了非常驚悚之事。也只有見多識廣的母親能夠坦然面對，換成是我，早慌得手足無措了。

母親畢竟生長於昭和年代，忒愛東洋風，我們輾轉於東勢換車，到了谷關，母親選定入住的是一派日式風情的谷關溫泉旅社。據說明治天皇夫婦蒞臺去谷關泡湯後返回日本不久，便誕下皇太子，所以谷關溫泉又稱作「生男湯」，這當然純屬坊間趣談。但，W，妳可知，谷關這處溫泉源於明治時代，所以舊名是明治溫泉。

我們入住的溫泉旅社是木屋建築，設計成兩間房共用一個湯池，兩個房間都可進入，有一扇共用的門，在湯池這邊有門栓，一間房內有人使用必上栓，另一房便開不了這扇相通的門。

那一回母親總共泡了四次溫泉，栓了四次門。

抵達辦好住房手續還未晚膳立刻來上第一泡，第二泡則是晚上就寢前溫潤全身好入睡，我以為這樣便足夠了，哪知隔日天色方才魚肚白，弟弟睡得極熟，而我半夢半醒間，母親又進湯池，又栓了那扇門，自在的泡了一回個人湯，頂級享受的愉悅浮現在母親綴著淡淡紅光的臉龐，彼時天色尚未大白。我暗暗在心裡計數，二加，三是多了呢！

泡過湯舒爽的母親，取出隨身帶來的小工具，是那年代的小家電新品，類似今時的鬆餅機，但它更小巧，大約一片土司大小的尺寸，插上電可過熱，放入土司似是烤土司，母親當然帶了土司，另外她還帶了雞蛋，報紙層層包疊，又藏在衣物中間，神奇都沒「破蛋」，烤過土司，母親在小家電內部抹點乳瑪琳，然後打了一顆蛋，不消多久便一顆荷包蛋熟成了，土司夾蛋營養美味，經濟實惠。

早餐之後自然是室外走走，呼吸新鮮空氣賞花也賞鳥，近午時分準備退房，離開前母親邀著再泡一回，母親說回去可就沒溫泉泡了喔！因著這話，我和弟弟依次進湯池輪流再泡最末回，我因此也愛上了谷關。回程我們依舊是搭乘豐原客運東勢轉車，然後一路在顛簸車程中睡到臺中，仍然回到距離大眾書局不遠的豐原客運乘車處，因為母親的摩托車停放在該處。

父親與母親相識時，已不住在橘町，不知道父親曾否對母親說過，我們踩踏過的豐原客運上車處，他兒時可十分熟悉了，套一句臺語俗諺說「若像入灶跤仝款」。母親走在父親曾經走過的廊下，我也走過，姊姊們和弟弟也走過，於是我們的心聯結更緊密了。儘管我們曾經對父親的嗜飲不能認同，但那時我們都不曾換位思考，父親心裡的苦他竭力隱藏，面對來自外在的酸言訕笑，一概不予置評不加回擊，我是許多年後嘗試去拼接，似乎慢慢明白了。

學海書局這一側有一家鞋店，大學之後包含後來留在母系服務，我都會在那家鞋店買鞋。有時難以抉擇時，會出到走廊，望向對街冷靜思考片刻，對街二十五號三間寬的店面，當時開了什麼店此刻竟完全無印象。婚後回臺中曾和母親逛街時進去揀選衣服，母親告訴我那空間是曾經享譽中部地區的醉月樓酒家（現如今是屈臣氏），我不禁想著，每日來來去去路過的人潮，誰會知道呢？

後中年之後每每想起父親，便會想到醉月樓，醉月樓之於父親必也是一生難以言說之緣，那是美麗的文人念想，往後父親的貪杯絕不是肇因於此。其實父親酒量不佳，半杯微醺，一杯便要醉了，多喝可能爛醉如泥，這情形在父親車禍後才多見，到底身體也殘缺了。

往昔搭乘公車的公車總站在偏單號這側的建國路段上，若是往復興路、臺中路等南區路線的公車，是面向火車站候車，火車站尖頂那個時鐘，不知是否有專人職司它的準確度？我似乎不曾感覺它快了或慢了。看過時鐘後目光會從車站大廳飄移到出口，以及出口左側的鐵路餐廳，鐵路餐廳是後來才遷移至這一處，否則更早的日治時期，是在我之前提到的義美餅店那個地點。

火車站出口旁的鐵路餐廳我有數次進入消費的記錄，和先生交往時期，幾度火車站等候他自風城南來，時間若正巧逢上用餐時間，第一市場的三絲麵、肉羹麵當然是首選，可生活最忌一成不變，於是偶爾變化，享受一下鐵路餐廳的炒飯或其他品項。再不然越過建國路，來到搭往市區公車路線的候車處所面對的西餐廳，當時一客B餐已算是豪華享受了，我光顧過，次數比鐵路餐廳少，感受大約也是一般，否則應會如義美煎餅記到如今。

後來除了市公車，又多了一家經營市區路線的仁友客運，搭乘仁友各號次公車的候車處設在綠川東街與西街，無論哪一側候車，等候時看看河景吹吹風遙想父親兒時此川情景，宛如自己也曾在那年歲佇立川邊。

W，妳查過資料，必然知曉綠川其實原名新盛溪，這溪名原也不錯，但就因大正元年（西元一九一二）臺灣總督佐久間左馬太南來臺中巡視，才踏出營運七年多的臺中驛站，走著走著便被溪畔扶疏綠柳吸引，茲因市區另有一川名柳川，於是改新盛溪為綠川。綠川一名雖也名實相符，但卻也有著自己的家園卻為外人更名的無奈。綠川畢竟距車站不遠，向來比柳川乾淨些許，這是那些年我在綠川旁候車，以及偶爾走過柳川的感覺。

之後又再對照父親母親的家族脈絡，父親這一系清簡單純，就是父親姊弟兄妹明明朗朗，彼此相親。至於母親這一脈，她本身就有原生與出養兩個脈絡，其養父亦有生養兩脈，她的祖母亦有兩脈，纏繞聯結成龐大網絡。小時候母親若提起一些舅舅名諱，直是一大串，彷彿柳川岸上連壁吊腳樓，分不清哪一位是哪一位，又是從哪一層關係而來，總之由她親叔伯一系，或表叔伯那系，再牽絲纜絆了無血緣外公與阿祖家系的後代，那真真是一表三千里啊！舅舅阿姨們或許落腳外縣市，但有為數不少是同住臺中，南臺中有之，土庫（今五權西路）附近有之，軍功寮有之，水堀頭、豬屠也有，若再加上姑婆、叔公一輩，又可綁成更大一串了。

有個姑婆在成功路頭近建國路段開設旅社，猶記得是「中春旅社」，因同是日治時期的橘町，我一度以為是父親這脈的親戚，後來才知其實是母親出養這脈的番仔路屘嬸婆[7]的女兒，也就是母親的姑姑，我們便稱喚姑婆，記憶中應是四、五歲年紀去過，想來應是那回欲乘火車南下高雄前來此歇歇腳，外婆與姑婆兩姑嫂也敘敘舊。

妳瞧，我便是在那麼小的年歲，便走過父親幼時熟悉的場域，如今想著，心口依然汩汩滋生著甜味。

7 屘是臺灣方言中，用來指稱相同稱謂的親屬中排行最末者。這裡指小嬸婆。

鈴蘭通至柳川畔

高鐵開通後，我回臺中的交通選項便是不超過一個小時的高鐵，在新烏日到站後轉高鐵接駁車，只要三站便回到娘家，於是變成很少有機會跑到老城區或車站附近。

生活範圍在不知不覺中做了轉移，直到某一天突然醒悟，才發現自己距離舊城區越來越遠了，一些過去母親口述的關於臺中老城的歷史場景，即便早已滄海桑田，但轉變後我成長期的地景路名，也因此彷如遠在天涯海角。

明治三十八年（西元一九〇五）設立的臺中驛，父親童年住家所在的橘町，以及父親一向熟悉的榮町市場（今日的東協廣場），或許是某些人記憶裡斑駁的一頁；或許有的人沉浸流轉的歷史；再或許如我這般嘗試拼貼父親的少年歲月。

臺中驛站至綠川一帶，曾經帶給父親多少時代薰陶？我在中年後偶然思及，於是一頭栽進綴補。

父親少小時期經常進出的市場，即是我們姊妹成長時期頗為熟知的第一市場，時代不同市場名稱便也做了更動，那時家中三位姊姊各對市場內某一攤商情有獨鍾。頗負盛名的第一市場香菇肉羹攤，大姊總念念不忘，後來歷經市場大火便改在他處另起爐灶，數十年來輾轉傳過二代三代，到底哪一處才是最正宗最原味？恐怕都加了時間發酵劑了。

辛發亭的蜜豆冰，夏日朋友相約、外地友人來訪，臺中人都喜歡引薦這攤具庶民特色的消暑品項。我的蜜豆冰初體驗是二姊帶領前去朝聖的，雖然我並不特別喜愛冰品，但也會向朋友推介。現如今辛發亭也早離了發跡的市場，更因市場大火毀損自家範圍不大，經營者有所感而在災後更名為「幸發亭」。

老臺中人如我者，大約還是不自覺的便說了「辛發亭」。

辛發亭蜜豆冰創立於民國二十七年（西元一九三八），那還是昭和年間，那年是昭和十三年，父親十二歲，還在村上公學校就學。陳溪先生首創在臺中驛站以手推車沿街叫賣，經營品項是參考了日本的四果冰，再加上各種自製配料研發出蜜豆冰，家在橘町四丁目的父親想必嘗過，而備受養父母疼惜的母親，或許也嘗過她養父下班特地繞個路去買回的四果冰。

六年後的民國三十二年（西元一九四三年）陳溪先生在榮町市場有了自己的攤位，招牌定為「辛發亭」，從戰前到戰後，從日治時期到民國，從我家父母到我等姊弟成人，辛發亭一直都在，直到一把無情火，打散了市場命運。辛發亭更名幸發亭後，再由第三代於臺中市各處經營，分號衍出許多。

W，妳能說，哪一家最是正統？

同樣的，歲月浸潤了許多，原色都保留在我們的記憶裡。

三姊喜歡的異於常人，卻也凸顯她的個人特質。六〇年代第一市場裡有一攤阿伯紅茶冰，店面不大，約莫一坪多些而已，販售物也僅僅紅茶冰一個品項，店內消費一率使用玻璃杯，那是不標榜環保但實際做法都很環保的年代。三姊假日約會，三彎兩拐的就去喝一杯，最高紀錄曾經一天裡前去光顧了七次。那年歲還中學的我，總不明白阿伯的紅茶冰真有這麼吸引人？數年後，進了大學，也去修了紅茶冰學分，才覺知那是甘醇佳品，飲過便戀上了，可惜如今也自我們的生活退去了。

現如今紅茶冰冷飲鋪每個城市都有，我清楚都不是六、七〇年代臺中第一市場內的阿伯紅茶冰。

對於姊姊們所喜愛的臺中第一市場名品，我倒是習慣淺嘗，不會過度嗜飲嗜食，每每想著想著，倒是對父親年輕時候感興趣的事物，多了無以言宣的興致。

父親的童年幾乎繞著臺中驛站前，包括市場、綠川、櫻橋通（後來的中正路、現今的臺灣大道）、鈴蘭通（今日的中山路）等地轉，這或許說明了父親因對這個地區的熟知，連帶對櫻橋通上的醉月樓以及面向綠川的醉月樓別館鍾情。而我自己打從高中開始，直到大學畢業留在母系服務，總計在臺中車站轉悠了十年，從不曾對醉月樓起心動念，而那些日日在眼前流轉的火車站、公路局前站、公車總站、大眾書局、學海書局、義美餅店……習以為常到不教眼底眸光停留。

如今回眸，早物非人非了。

那回，若不是刻意約在火車站前見面，W，我們怎會沿著舊日橘町走進今日的宮原眼科與醉月樓，與那些慕名前來享用冰品的遊客擦身而過，恍然不知置身哪一時期？

我們沒上醉月樓用餐，倒是瀏覽了壁上的菜單，可我發現那些都是時興的臺菜，全非舊時手工繁複的酒家料理，不過，我們仍然約定日後找個時間「踩踏醉月樓」，其實這個醉月樓全然不是當年位址。我自己當然很清楚，不是為復刻日治時期的建物而來，純粹只是為感受父親年輕時的醉月樓氛圍。

那回，我們很快退出那棟因創意冰品翻寫的日治時期宮原眼科，我們緩緩走著，綠川整治工程正如火如荼進行著，政績的體現不容怠慢，執政者必然全心投入，尤其綠川又在驛站之前。

彎彎繞繞間我們走上中山綠橋，我說了日治時期這橋上雕了鈴蘭花，妳彎身細看，果然石雕鈴蘭仍具花姿恆守著此橋欄杆。我不管妳是否有興趣，滔滔說著，中山路舊名鈴蘭通，便是因為橋上這些鈴蘭花雕。

許多年來，這座城市逐漸西化，加入新時代元素後老城區文化便也日漸淡化稀薄，可以想見的是，未來綠川整治後必是不同於妳小時候，我小時候，甚至父親小時候的面貌，唯獨中山橋上的鈴蘭花算是臺中新面貌中的舊事物了。

我們邊走邊聊，以現今世人的眼光看待，中山路並不寬敞，兩側偶見殘存的舊時建築，經過與平等街的交叉路口，我望向臺灣大道方向告訴妳，平等路上曾有一家「東亞食堂」。日治時期至戰爭方才結束的那些年，父親母親之間有許多和東亞食堂緊密連結的故事。W，那是另外的篇章，有機會我說給妳聽。

妳一定發現有時我彷彿失神了，我不知道該怎麼跟妳形容，當時我的感受，有那麼短暫的片刻，我感覺彷彿是代替父親再走一回他曾經無比熟悉的鈴蘭通。父親的五個孩子中，很早很早我就察覺到自己的個性內化了許多父親的因子，或許父親真的也正隨我走這一趟路呢！

中山路與市府口的南夜歌廳，妳指著斑駁外牆告訴我這些年來的變化，以及現已停業的狀況，妳提到的是「南夜大舞廳」，我記憶裡的是「南夜歌廳」，這建築或許歌廳舞廳都是，歌與舞不都形影不離？我和妳提過母親的養母，我的這位外婆可說是她那時代的新女性，歌廳聽歌這事她會做，和外婆極親近的大姊曾說她去南夜聽過歌，大姊還告訴我歌廳的座位，是一排一排長條木椅，人人買票進去純粹是聽歌。想來大姊聽歌的年代又比妳後來的聽聞早了許多時候，越是後來越是歌聲舞影，招牌換個名稱也是無可厚非。

中山路畢竟鈴蘭通而來，歷史悠遠，走著走著，「洪瑞珍餅店」的本鋪就出現眼前，這家創立於民國三十六年（西元一九四七）以「酥糖」花生酥、「核桃肉餅」、「漢式喜餅」奠定基礎的臺中老牌餅店，陪著臺中人走過了半個世紀。當我還在臺中時，每每見到這家餅店的餅總是一個自然聯姻之想，可在我出嫁多年，這樣一次優閒城中散步見到餅店本鋪，卻有一種久別再見的奇異感覺，到底是我離開太多年了！

餅店雖從傳統製餅起家，後來隨著潮流興起，民眾口味改變，店家為了符合現代人忙碌生活快速飲食的習慣，推出新研發具有健康新概念的輕食產品，以迎合老少顧客的需求。我們雖是閒散步行，可我們在距柳川不遠處有個約，若非這樣，我可能會買個

「洪瑞珍餅店」特製三明治嘗個鮮。

行進間，時間也一分一分流逝，這是妳我都無能挽留的事，而我們也只能與時間的輪同行，繼續往前走去。

三民路是我極熟的一條街道，向左向右皆然。向三民路一段而去，便是往忠孝國小那處，我的幼稚園生涯，鐫刻雲裡風中，我的心中。而三民路二段這方則有名聞遐邇的「第二市場」（日治時期的新富町市場），母親幼時隨她的阿嬤進出這個市場，及至我姊弟等人出生後，還是在第二市場鑽進鑽出，即使是後來搬離老宅，城市西區北區輾轉租住，只要尋到機還是會逛逛第二市場。

不說妳可能不知道，我家姊妹婚嫁後若回臺中，許多時候還是會到第二市場走走。W，妳說，這是不是視市場為娘家的一部分？

現在的我是回鄉的遊子，妳是移入的

第二市場中山路入口

在地人，妳日日在臺中，城市裡的風吹草動皆在妳眼皮底下。但若盛大的事，上了新聞成了頭條，兩百公里外的我也是知情的。臺中市政府自二〇一六年起便對第二市場進行局部修繕，並在二〇一七年六月舉辦百年慶活動，賦予有百年歷史的第二市場新的生命，這個慶祝活動還有個「第二市場酒樓美食百年宴」，總共精選了十三道，包括雪白玉露、鳳尾大蝦、紅燒魚翅、炸刀匙蟳、日月合璧、東坡扣肉、炸春捲、煙燻烤雞、海參竹茹、大五柳居、火腿冬瓜、八寶飯、珍珠蓮子湯等具百年歷史的酒樓宴席料理。

我追著新聞，但沒追上酒樓料理。

妳我都知，酒家菜還有魷魚螺肉蒜，以及工序繁瑣的雞仔豬肚鱉，甚至是如今已失傳的極品料理，所以說千道萬，這個酒家美食百年宴還是有小小不足。

這一程妳是我的嚮導，妳領著我悠悠走進市場，市場裡面灰灰暗暗，彷彿走進時光隧道，我似是走在阿祖身後，由日治時期而光復初期到而今，那些店家攤商多少年來始終一個樣。走過某家舶來品商行，我告訴妳，母親都來這家買日貨，包含日常煮食所用的味醂。我還說大姊喜歡第二市場的肉圓和包子，我指給妳看哪一家，妳則是告訴我，哪攤的什麼好吃，然後我們繞出了市場，什麼也沒嘗。

市場外的臺灣大道車水馬龍，城區雖是西移了，但這條我習慣說的中正路，到底是出了臺中火車站的筆直大道，仍有其舉足輕重的地位，白日裡天空潔淨光亮，望著對街陌生裡帶點熟悉，中正路與三民路三角窗那家「西法麵包店」已無蹤影，那曾經是家人閒話家常時偶爾會帶到的點。

往昔，第二市場的認知便只是第二市場，再有就是大姊同學家開設近中山路的「黃藥局」，另外便是與市場隔著中正路遙遙相望的「西法麵包店」，其他則不曾多做探索。或許某店有足以吸引注意的特殊性，但我生性不好奇，遂沒多做追索探詢。

坦白說，我不是個性活躍的人，向來拘謹瑟縮，完全不擅長城市裡鑽天入地，認得一處便就牢牢記住，壓根沒想到伸出觸角向四方伸展，以便在某一個轉身裡看見隱身城市裡的動人處。若我早於民國六十四年便識得興中街，應也會有這樣的觸發。

後來的興中街印象太深刻！

年關下年節氣氛正濃烈，興中街三號的「義成堂糖果玩具行」因應年節所需於三樓存放大量爆竹，不意卻在當天上午十點半引發爆炸，造成的慘劇帶給人多少唏噓惋嘆。明明歡喜著要快樂迎新年，無常卻悄無聲息地便欺身而上，那個事件對許多臺中人來說，沉痛無比。

W，多年後我們走過，靜靜。日常與無常，往往只是前後一秒。所以，當下無論喜樂與否，都是幸福。

從興中街右轉中山路，柳川在不遠處等著，即便今時柳川已非兒時面貌，但那涓涓滴滴我仍視作最初的水文，我對臺中的啟蒙也由此川開始，垂柳與川水都在我心，恆久不變。

橘町走向新富町

宮原眼科販售冰品是很新潮的經營方式，但其實宮原眼科早不是眼科了。我不曾趕上宮原醫師的年代，五〇年代這處日治時期的橘町三丁目已然改名為綠川東街，仍在個人平時出沒地之外。但在它還是橘町的昭和年代，父親應是熟悉的。如今在宮原眼科這建築裡還復刻了醉月樓，但這其實只是恢復名稱而已，實際上醉月樓是在櫻橋通（今臺灣大道一段）這方向。

所有關於父親與醉月樓的種種，父親從未主動提及，不知是否因為那件父母人生大事就在醉月樓進行，母親視作荒唐，父親因此斂住了所有懷想，以致從不曾與他的子女分享。生命最初熟悉了橘町四丁目的父親，晚年常搭公車至車站，應是憑弔他的年輕歲月吧！

我們一家成為吉普賽家庭之前的我太小，活動區塊最南可能只到自由路，去外婆任職的救濟院（後來的仁愛之家）泡澡。父母領著我們一起前往，外婆擔任的是救濟院辦公室及宿舍清潔事項，以及為救濟院辦事員料理三餐的廚房事務，外婆也配有一間和室宿舍，依稀記得是四席或五席榻榻米的大小，我喜歡泡完澡之後在外婆房裡翻滾半晌。

救濟院的澡間頗寬敞，澡間一隅砌了一座磨石子浴池，深度頗深，浴池一側還砌了一階，入池先踩這階再踏入水池，才不致搆不著底部滑倒溺水。那是砌了花色碎石的池子，每每冬天緊閉浴室門扇，熱水在浴池中冒著熱氣，氤氳了滿室霧氣，總有時空錯置之感？我們是什麼人？怎來到了這東洋味濃厚之地？可我真愛冬日裡偶爾夜晚穿過風林去泡個熱呼呼的澡，溫暖了心脾之外，還有那完成了母親說的「擄仙」後，又恢復潔淨之身的舒爽。那時，只欣喜去外婆那兒泡澡，絲毫無意識這其實是假公濟私之舉，從未想過為什麼，外婆給我們的方便一直被包容？

母親始終告訴我們，她的人生有幸遇見幾位貴人，才能困頓時自天外射來一道光指引前行，是以都能在山重水複疑無路時，轉身便見柳暗花明又一村了，母親轉換職場跑道，外婆的工作、阿舅的工作皆由母親閨蜜貴人牽線，恩情永遠銘記在心。許多事都是年齡越見增長感受越深，否則在那小小娃兒的歲月，目光短淺，所見不夠深刻，僅僅是路上走著興奮雀躍，因為可以泡著舒服熱水澡，平日老宅裡木質腳桶，熱水是灶上煮了舀進腳桶，能有多少水量？通常只能半洗半擦，所以能去外婆那兒的「風呂」，當然歡喜。

洗過澡通體舒暢，返家路上步伐更是輕快，那晚必會睡上一個好覺。那時無光害無空汙，滿天星辰陪伴我們的幸福感，是今時孩童不能明白也無法體會的快樂。小孩的世界一片祥和，成人世界裡風起雲湧著算計背叛中傷與陷害，父母親也許悄悄談論過什麼，可卻沒在我還幼小時汙了我的視聽。成年之後的許多年母親倒是會說了，再對照成長期唯我們小孩奉命回去探望阿祖，漸次有所理解，感謝母親讓我們的心始終純美。至於母親與阿祖的見面常是在某一親戚家裡，又或是阿祖到母親服務的公司找她。

所有一切母親也沒多說阿祖的對待，但我們到底是少小時候與阿祖一起生活了若干年，弟弟最少，不到三年，大姐十四年的體會最是深刻，可母親常說的是，感謝阿祖幫忙照顧了我們姊弟，她才能無後顧之憂的上班掙錢。我知道母親埋怨過，但終究感恩居多，也是因這一份源自其養父善待所滋生的回報，她選擇順從阿祖的要求，父親之所以也同意，那是他對母親的情深造就寧捨其他，只為陪母親盡人孫之孝。

在臨近臺中驛的橘町成長的父親見多了繁華，想必早早透悟了繁華落盡後僅剩唏噓悲涼。但對於小孩應該有各種體驗的觀點，父親必定也認同，對於冰品的體驗我因父親而有，一支舔了會透心涼的冰棒，吃在嘴裡，除了脾胃有感，心裡也滿滿幸福。秋冬時風裡吃一碗臺中道地大麵焿，也是父親帶我乘坐三輪車遊車河順帶的享受，這些都只是日常生活小點心，和醉月樓工序繁複的酒家菜不可同日而語，可這是父親引著孩子體驗生活的心意。

關於冰棒，一則七歲的記憶，留存半世紀以上，影像仍清晰如同昨日才剛發生。溽暑午後，父親掏出一枚五角銅板遞給我，讓我去巷口雜貨店買支冰棒吃，幾年來父母教給我們的是，將長輩放在心上第一位，套一句阿祖說的「尊存序大」，所以我問父親買什麼口味，我知道父親喜愛紅豆，但父親的回答是「就買牛奶冰棒，牛奶很香。」這是我喜愛的口味呢！

走在去小店的路上，我好滿足好快樂，因為父親記得我喜愛的口味，但那明明非父親所愛，於是抵達小店那一瞬間我改變了主意，我買了紅豆冰棒。那年歲小店冰櫃強度有限，我拿著冰棒踩著雀躍步伐跳著往回走。

是太陽嫉妒我有冰棒？還是泥土小路也想搶我冰品？竟聯手施了魔法軟化了冰棒腰身，就在我臨進家門之前，冰棒以一種撐不住發軟的姿態癱了半身。眼見半支冰棒滑下地，我心著急，三步併兩步蹦進屋裡，已經無緣無故遺失了半支冰棒，兩角半就這麼無聲無息不見了，我得護住剩下的半支，進了屋趕快遞到父親面前，催著他快吃。我跟父親道歉自己實在大意，沒留神陽光太烈，父親只舔了一口留下大半支給我，也催我快吃，「不然這半支又會不見了喔！」

怎麼可以？五角錢也是父親辛苦工作所得啊！家裡經濟雖不寬裕，但父親卻都將我們放在心上。

我們流浪式的生活一年換一地，但中華國小始終是我的學校，父母包容我沒硬要我轉學。可是中年級開始整天上課，無法回家吃午飯。那是中午可離開學校回家吃午餐的年代，住家離學校近的同學如吳輝玲，都是步行返家吃飯，也有的是家人中午送來飯盒，住得遠些的就一早順便帶了便當上學，第三節下課送去廚房蒸過，第四節又是熱騰騰了。

四年級那年家搬得遠，西區邊陲走到北區，一趟路程約莫一個小時，有時起得晚或母親來不及做好便當，便只能帶著一元出門，中午再到太平市場買塊山東大餅充飢，還可以存下五角。有一次上午第三節正上著，忽見橫跨操場直向我教室走來的身影無比熟悉，是父親來了，必是母親轉述我沒帶便當又急著上學她未給我午餐費用，父親特意來學校給了我兩元，要我午餐吃飽一些。那個午餐到底是福利社買了蘋果麵包加牛奶，還是去太平市場吃了麵，已然無法找出確切畫面，因為所有記憶都停在父親向我走來的這一幕，其他都淡了顏色與亮度。

父親之於我，啟蒙了很多人生探索。我樂於與人分享我的床邊故事是來自父親開講的一則則古典故事，我的國語發音尚稱標準（曾有人誤以為來自對岸），部分是小學低年級注音符號與拼音的基礎學得紮實，另外很大一部分是父親的國語說得真是好。曾經有同學問我父親本籍哪一省，說父親的聲腔不像臺灣人說國語，顯然父親在戰後日本人引揚回日本，國民政府復員接收人員進駐市府時，就全力學習國語以利工作的交流互動。這推論絕對成立，父親學習這個新語言，不只看重聽說而已，讀寫一樣深入學習，甚至相關文化也逐一涉獵，象棋、平劇在在培養了濃厚興趣。國一之後家中購置了電視，早期臺視頻道在週六下午有國劇時間，那時段電視是父親專屬，〈四郎探母〉、〈鎖麟囊〉……等劇父親看得可入迷了，興致來時還跟著哼上兩句，有時連我都有了錯覺，以為自己是芋頭番薯融合的品種。

其實真不是，父親一家由閩來臺已三代，昭和元年出生的他，其實應說大正十五年，因為那年西元一九二六，十二月二十五日之後才開啟昭和年代，父親戶籍上登記的生日落在十一月，還不到昭和時代。父親人生最精華的二十年幾乎都在東洋文化中熏習，其實他很日化的，言談舉止都是，所以父親能說一口易讓人誤解的國語，同時又著迷於平劇，連我都要疑惑了。如此超前充實自己的人，職場上的表現必卓然不群，可家裡從我小時就見不到半張父親的學經歷證件。據說上級有意提拔父親，要父親整理相關學經歷證件好寄往南京中央政府。後來呢？寄了嗎？如何了？好長一段時間沒有下文，請教後續時，上級回覆內地烽火四起內戰頻仍，證件資料可能碎於某顆子彈之下了。這是一樁公案，父親完全不疑，因為他深信人性是光輝的。可後來竟遇上了栽贓陷害，自證清白之後索性辭去公職，再不願混入濁流，父親從未入過黨，兒時還經常聽他戲謔說那黨是「顧面桶」，這背後不無失望心聲。

之後，父母都不會主張我們五個姊弟進入政府機構服務，即使是大姊曾在臺中區農業改良場任職出納，最初僅僅只是臨時雇員，主要看在對家用不無小補的四百元月俸。大姊後來雖也晉升正式編制員額，畢竟那是遠離決策中心的機構，而且我家姊妹有志一同，和母親最初心念一樣，選擇婚姻即完全回歸家庭，能有實質收入的工作毫不留戀便捨下。其實最大因素是從母親到我們姊妹，無不認為唯有堅實的家，才有健康踏實的子女。很值得玩味的是，我們姊妹後來都和母親一樣因各種因素，正式或玩票的重回職場，但依然是在公職之外。

到底父親是一朝被蛇咬終身怕井繩，所以唯願兒女無災無難平安度日即好。可世情到底多變，父親想要求得的單純平靜，被一股詭譎力量直往外推，而那暗黑力道卻是來自於他自組小家庭附加的決策中心，如此內外夾攻，任誰也難以身心平衡，平衡是難如登天的選項，如何排解？「今朝有酒今朝醉，明日愁來明日愁。」一醉方休，所有煩惱事都酒醒之後再說。父親前期醉月樓後期鳳麟酒家，再後來獨與太白對飲，父親怎會不知「抽刀斷水水更流，舉杯消愁愁更愁。」

可人生事「棄我去者，昨日之日不可留；亂我心者，今日之日多煩憂。」每日晨光一照，又是惱人一日開始，惱人從何處始，從阿祖一張利如刀刃的嘴說出的話。尤其是對父親吐出的言語，不是蓮花能渡人化人，而是一朵朵火焰，會灼人傷人。明明是個常將阿彌陀佛掛在嘴邊的老人，難道僅僅口誦佛號心田依舊貪嗔癡？相較之下，一生以信仰儒教自居的父親，終究未曾違背本心，據母親說當父親忍到一個限度，也會反唇回嘴，可這情形我印象裡全無，畢竟同住時期只到我六歲。而我六歲之後的日常裡，從不曾有任何一句對阿祖的不快出自父親口中，這是修養吧！這得如何自持自重方能達成？

有時不免揣想，自我一家搬離。阿舅如願翻新房屋也成了親（印象中從未見過無血緣阿舅的夫人），阿祖與新人（據說新潮活潑愛舞）扞格不入時，可曾有追悔時候？

到底是養壞了人心，錯待了溫文孫女婿啊！可一切已成鐵板釘釘的事實，老人恆等於孤單，恆等於不入時，恆等於對立勢力，恆等於拋不下的包伏。阿祖一生要強，一手掌權一手翻雲覆雨，父親母親任她反手為雲覆手為雨，風來雨來隨她擺布，不高興時逐我父母搬家，說房子是她孫子名下地產，氣消了就又到父母租處求著搬回去，說沒小曾孫承歡膝下忒是「稀微」，那是在只有三位姊姊的年代，父母日常裡不乏這般折騰，父親始終尊重母親所有決定。

阿舅婚前之所以那般有恃無恐，便是多少年下來耳聽目睹之下，一口咬定房屋土地所有權寫著是他的名，他認為的鐵錚錚事實，法律認定的資產，其他人無緣置喙，即便你是出資人，你是購買者。其實以我等姊弟對父母的理解，他們對那屋宅自始至終均沒有更動所有權人的想法，他們想著的是有朝一日另外置辦了他處，自然樂見姊弟二人均有和樂美滿住處，阿舅何需心急壞了人間最美好的真情？便是因那一念，我從此未再見過應尊稱阿舅的人（我們若奉母命回老宅探視阿祖，都選在阿舅夫妻上班的白日，巧妙避開尷尬時候）。

人世一遭攻於算計又如何？母親還獨居臺中時，這位阿舅便已返回天家，到底是母親氣長冷眼看著一生掠過的浮雲啊！

W，妳聽著做何想？會否覺得人的一生就是串聯了這些愛怨情仇。我記得牢的是柳川古道旁小時候住著的老宅，填滿我們姊妹嬉戲說笑和弟弟的哭聲，以及阿祖寒著臉要求我們腳步放輕，不得屋內奔跑追逐，飯粒掉下地要撿起來拍拍再放進嘴裡吃下肚。那是溫馨跨世代的家園，是我這一生美好感受的溫床，我無數次懷想又懷想，夢境裡與文字下一再踏入，我害怕忘記整間屋宅的構造，有一日特別鉛筆素描，然後拍照傳給三姊，她說那房子就是那樣的格局。

W，妳說是不是這屋宅已入我骨髓，終生忘不了？

即使搬離那處五年後，父母便又購置了一間能夠生根的宅子，大姊二姊均在街名為大德的小宅出嫁，可我記憶最深最深處，還是這一處民族路百多號的家，好久好久以前的家，父親教會我慈心與寬容的家，母親默默示現感恩與負責的家，以及阿祖有口無心循私護短的家，阿舅示現了貪婪無情的家，悲喜都有。

父親必是常省思著這一句「見不賢而內自省」，而父親更讓我一生記著「見賢思齊」，做人不能忘恩負義啊！這典範始自民族路老宅我父我母的身上。

走一趟兩川之間

妳不只一次告訴我中區綠川再生整治工程竣工，這是令人欣喜的事。W，之前我們在青天朗朗之下緩步川邊是二〇一六年，一晃眼，三年多過去了。猶記得當時整治工程正如火如荼進行著，記得我說希望能是復刻舊日情境，臺中不需要再一條仿清溪川了。但我也明白，路只有往前邁去，少有倒退走回昔日。可真這樣嗎？如果真是這樣，何以宮原眼科如此吸引人？或許是創意之下的突發奇想，走出了一條有別於傳統制式的經營模式。總之，無論是人、事、地、物，恐怕都再不能墨守成規，因循守舊。

綠川

那一回我們抱定目標，從綠川走到柳川，只走舊日鈴蘭通今時的中山路。昔日榮光已遠，路上街景有些兒蕭索，人車不多，再難見到往日人車雜沓的場景，中山路兩側建物不少還是舊時樣，咸深刻了歲月的痕印。來到與繼光街的交叉路口，往右側看去，規劃了繼光商店街，很多電子相關商店都在這條街上。繼光街發展得很早，日治時期榮町便在此，我小時候這條街有很多布莊、鐘錶行，又因榮町市場（第一市場）就在此街與中正路、綠川西街和成功路包覆的區塊，所以繼光街在中正路與成功路間，也有銷售南北貨的店家，總之熱鬧無比。

年關下，母親總會帶我和姊姊上街來布莊剪布，布是一碼一碼的算，母親看著架上一匹一匹纏在木板上的布，詢問我們對花色的看法，通常母親都選擇較暗沉的色澤，一來符合冬日氛圍，二來說是不易顯現髒汙。我們那時是剪了布再尋裁縫師傅量身製作，W，妳可有這樣的經驗？印象特別深刻的是住在光復路一二六巷那年年底，母親為我和三姊選了一塊咖啡色格子呢布，各做了一套褲裝，一件長袖前面開襟扣釦子的上衣和一條長褲，上衣直穿到真不能穿了才淘汰，長褲呢？隔年因身材抽長褲腳直貼著小腿肚成了七分褲，再勉強穿到母親剪去過窄褲管成了蓋過膝蓋的半筒褲，之後再要穿也不能夠了，到底是塞也塞不下了。

那年歲這般惜福愛物，很大因素是家用不寬裕，再是母親自十五歲之後在阿祖的「調教」之下，不知不覺也掐著子兒過日子。這其實是好的，有云「由儉入奢易，由奢入儉難」，能儉才有底，蘇格拉底也說「奢侈是人為的貧窮」。所以哲人告訴世人「知足是天然的財富」。

我不知道母親是否知道十九世紀初的美國思想家愛默生，愛默生說過「節儉是你一生食用不完的美筵。」我所見到的母親除了節儉，她還勤勞，一生都是。而這些都是值得我用一生來學習。

W，我這麼叨叨絮絮妳可別厭煩啊！有時一腳踩踏回憶之門，很容易一路而去停不住腳步。但我仍明白，我們只為走一段鈴蘭通，繼光商店街如何，我只在路口遠遠目視，我在心中懷想往日便就足夠，且將腳步再往北挪移。

越過繼光街不久，那棟建於民國五十五年滿是歲月滄桑感的建物——臺中市第四信用合作社（中山路七十二號）映入眼簾，此際建物本體已不作原來金融事業體之用，而是某集團以創新手法活用歷史建物，經營成宮原眼科之外另一吸引人的冰品店。冰品店入口不甚起眼，中山路這一側有個金庫造型體，很特殊的今昔融入，歷史元素中滲入了時代感，無需入店點一客冰品，無華的廊下已感沁涼。

從來氣管就敏感，每遇風寒若自我照顧不夠，必定咳上一些時候，嚴重時咳得臟腑彷彿易了位，遂被叮嚀少食寒涼之物。幸我是頗具自制力的人，從小冰品便不敢貪多，偶爾父親買了冰，也只是舔個幾口嘗個滋味，滿足口慾便就夠了。於是也就會時時提醒自己珍愛身體健康，冰品保持距離總是好的。若是提到臺中有名冰品店，四果冰始祖乃日治時期即已創立的「辛發亭」，經歷了祝融之災，又經家變，後來掌櫃易為女性，母親帶著女兒辛苦經營，有感於生活艱辛，遂將招牌改為「幸發亭」，所求不過平安幸福。老牌冰店自有老店號召力，它曾是五、六〇年代青年學子熱愛的消暑品項，後來更是許多遠遊歸鄉之人必去第一市場吃一碗過過癮，填一填思鄉之情。

我從經常晃悠火車站前至第一市場的高中歲月開始，似乎不曾在踏入第一市場時朝辛發亭而去，跟著人潮吃一碗遠近馳名的蜜豆冰，原因當然不外乎保護氣管保護身體。有時我會想若彼時先生是在臺中就讀，或他本身就是臺中住民，以他癡愛紅豆、大紅豆及冰品的情況看來，必會是辛發亭忠實顧客，每日光顧吃一碗的機率可能高達百分之一百。

走在這時的中山路只餘悠閒，已無那些年最繁華時候的熱鬧喧騰。W，妳說，如此是否神似時光倒轉，回到人口不多（今時是全往新市區擠去）生活步調緩慢的昭和年代？啊！我扯遠了，若說像我小時候五〇年代的風情便也復刻了。到底童年的我走過這一段中山路沒？我自己也印象極淡。小孩子的世界裡，視線所及的範圍就是世界全部，或許我那時也是這般看待，若真是如此，必定會誤以為中山路僅僅是柳川東路至三民路之間那一段，熟悉自己熟悉的區塊便以為那是全部，瞧我多麼的坐井觀天啊！

W，感謝妳不嫌棄我這井底之蛙，並願與我踩踏臺中市街，與我交流對文學對歷史對寫作對生活的看法。我在井裡蝸居太久，隨著妳才開展圓規，在人生地圖畫圓畫弧線，這一段從綠川東街往北走來的中山路便是了。緩步走過第四信用合作社，向北再行，越過自由路，妳我都知道自由路曾經是臺中市精華所在，太陽堂在自由路上，曾經赫赫有名的遠東百貨也在這條路，若再往東推進，東海戲院、成功戲院都曾是自由路的地標。尤其與中正路相交轉角的彰化銀行更是經文化資產審議通過後的市定古蹟，母親離開市

臺中市中區自由路二段38號，彰化銀行總行

府前便是在負責營業稅務的單位，每每繳交收回稅款之處，便是這處彰銀總行。不需目視那棟建物，那些年和先生踩踏臺中市街沒少經過路過甚至路旁稍作停留過，那時都沒想時間如白駒過隙，轉眼中區原本最精華之處也美人遲暮了。

往西行，自由路與民權路四個角落明明朗朗，自由路南側這方是日治時期臺中州圖書館（今合作金庫臺中分行），越過民權路的轉角處，以前是臺灣新聞社現今是臺中銀行。母親自民國五十一年八月進入臺中商銀前身臺中合會儲蓄公司服務，歷經改制臺中區中小企銀，再到臺中商業銀行，這之間母親無論是儲蓄部或分行之間調動，工作場域都在中正路上，除了開會與受獎，否則不曾在這棟建物裡的總行進出。很值得玩味的是這個十字路口有三處是金融機構，和合作金庫相隔自由路二段對望的是另一家公營金融機構——土地銀行。土地銀行旁邊曾經有過一間財神百貨，W，這妳從家人口中必聽說過吧！總之許多事真如過眼雲煙，想著就教人不勝唏噓。

民權路再往北走很快就會走到過去的市府辦公大樓，但我們並沒有移動腳步向民權路那方向去，我們只在中山路上聊著各自行走過那些如今是古蹟的建物的彼此心情。到底是往日已逝，屬於父親母親的時代早記在歷史，而我只是想念他們，以及他們示現的人生。時光不停留，腳步也不能就此停住，還是得向前走去。

再走便到了市府路口，往右走去便是中央書局，日治時期昭和二年（西元一九二七）成立，那年父親虛歲兩歲，其實尚未足歲，便逢上這樣的文化美事，多好！中央書局也是後來父親喜歡去的點，可我們立在市府路向臺灣大道望去，街景似乎冷清，書局已於一九九八年結束營業，幸而有心人士正積極規劃（二零一九年十一月已開始試營運），想著中央書局重新回到老城區，應該意味著二〇二〇之後生活將有新的改變。中央書局試營運未幾，妳於二〇一九年十二月八日先去體驗了，真好，我尤其歡喜的是妳傳來架上有我那本《褶藏川端町》照片，從來沒想到有一天自己的作品能在中央書局現身，既詫異又欣喜！但當我們走一回鈴蘭通的時候，任誰都未能預知這一切。而且當時那建物既不是書局，我們目標又只在中山路，也就不走過去徒惹幽懷了。

我們倒是定睛多看了幾眼左側街角依然保留的建物，那是南夜大舞廳（也是歌廳），門牌是市府路八十一號。五、六〇年代聽歌跳

中央書局

舞是市民休閒，那時的舞廳與今時的型態有極大差異，我們看著談著，繼續緩緩移動腳步，很快來到平等街了。我告訴過妳平等街有一家東亞食堂，這店名也很東洋，是日治時期就有的餐館，我們都無緣躬逢其盛，因東亞食堂早已不存在，殊是可惜。若越過臺灣大道，那轉角處是日治時期的臺中消防組，但如今又是一處用途已作改變的地方。

W，依妳想，這世間究竟有否不變之事之物之地？

不變或有優點，但變亦是好，一如我們走過的單號那側一二五號的洪瑞珍餅店，老臺中人都知道洪瑞珍餅店，創立於一九四七年，起源地是彰化北斗[8]。販售臺式喜餅，即常言的大餅，花生酥糖是招牌。早年很多人喜歡洪瑞珍餅店的大餅，隨著西式糕餅占據市場後，改變勢在必行。七〇年代之後洪瑞珍三明治開始在市場嶄露頭角，彼時我的口味還很中式，自然興致不高。

妳知道嗎？W，去年我在高雄住家對街歸屬赤山街區的林立新大樓中，發現了洪瑞珍三明治，頓時有種他鄉遇同鄉的竊喜，於是推開那扇厚重大門，入內選購。店鋪裡面的布置簡約到不行，長桌在室內中間，長桌上是各式口味的三明治，最內側倚牆處則是

[8] 北斗：臺語稱為「寶斗」，早年臺灣有一府、二鹿、三艋舺、四寶斗之稱。酥糖、肉圓、肉乾為北斗三大名產。

櫃檯，如此設計簡潔俐落，銷售品項唯有三明治，再無其他。莫看如此單品單純經營方式與空間，腳步慢了去得晚，可就只能見到緊閉門扇上掛著「今日售完」牌子。它的營業時間是從中午十二點開始，有時薄暮裡和先生散步走去，卻只能睜睜望著「今日售完」四字興嘆，時間也不過六時剛過。好吧，再提早一些出門，幸運時口味齊全，方便挑選，但也曾遇上僅餘少少一兩種口味，且是僅剩的幾個，那真沒得選了，再躊躇一下，下一位顧客推門進來，便是連這些也沒了。後來向隅多次，先生便會下午四時刻意走一趟，方不致再希望落空。有位鄰居對此現象大呼不可思議，她尤其不能理解的是高級大樓一樓店面，經營品項是銷售三明治，而且營運奇佳，一直想不透洪瑞珍怎就有如此巨大魔力？

中山路上走著，慢慢踱慢慢晃終也走到了和三民路的相交路口了。我印象極深的是右側有家皮鞋店，老闆也兼著修皮鞋，那年歲惜福愛物深植人心，物品壞了經過修整依然能完好如初，我家姊妹都去那家店修過鞋。三民路我從小就熟門熟路，往東去會經過光復國小，我那超過半世紀的好友小妹，小學就是讀光復國小，那是因為她父親在光復國小任教。人生事耐人尋味，和小妹成為朋友是搬家後熟識了的自然而然，也是搬家後父親才赫然發現小妹的父親是他村上公學校的同學，可離開學校後各奔前程沒再見面，因為我家搬家之故，兩位舊日同窗才又重逢，但也因人生之路各異，父親更因車禍傷殘後的藉酒消愁，拉遠了同窗距離，或許我與小妹之間是延續彼此父親之間的情誼吧！

光復國小一過便是臺中公園，妳知道，小時候我若走向臺中公園，一定是隨阿祖要前往番仔寮的嬸婆祖家，妳也聽我說過公園這處入口附近有諸多三輪車等著被招呼，但現今完全見不到那種景象了。說到這裡，忽忽想起公園路對街街角有一攤大麵焿，不知還營業否？我很喜歡大麵焿，特殊麵條熬煮到爛，加上韭菜、蘿蔔乾屑和蝦米堪稱人間美味，大麵焿是臺中特有的小吃，外縣市都沒這一味，妳來臺中也多年了，吃過大麵焿嗎？合妳的口味嗎？

三民路若向西便是以前隨著姊姊走過臺中醫院去忠孝國小的路徑，妳陪我走過四維街回味忠孝國小附幼的校景，那是我的幼稚園母校，我日日走著的路已在遙遠的半世紀以前。如果我們沒搬離民族路老宅，我會重複走在那條路上更多年，這樣會不會早些年就認識了「滿吉洗衣店」的賴同學？W，

臺中庶民美食大麵焿

妳若經過三民路二段近民權路這頭，現今招牌是「滿吉機器乾洗公司」的那建物依然保持原樣，日治以來的木造屋型，那是我大學賴同學的娘家。還在靜宜唸書時，我們一干同學去過一回，還上了二樓她的房間。那時賴同學父叔們尚未分家，老阿嬤仍健在，安坐一樓搖椅，當時便覺很有歲月感。

一市一家一人皆是依著歲月的腳步或有感或無感的往前推移，我自出生便在熟悉的中區來去，然後因著許多不得不，隨著父母城市裡游牧，可最深的記憶彷彿鑿痕似的只繞著民族路、三民路、中山路轉，轉著轉著又從巷子走回家了。望著第二市場完全沒變的建築，到底它是沒變的，百年了，依然屹立昔日的新富町，依然等著人們逛它一逛。我們走著，中山路兩側店家會有哪家是從我小時經營到這時的？不說別的，近興中街的米店已然不在了，小時候我家都是到那家米店糴米呢！

近鄉情怯嗎？難以說清楚。

民族路百來號那處近半世紀未見，早非我家，父母也已返回天家，阿祖更是往生極樂四十幾載，那裡還是來處嗎？

W，是來處吧！生命的來處，所以我才會有這麼濃烈的鄉愁。待我從中山路二五七巷走入，我會以更慢的速度緩緩向著民族路的巷口走去。姊姊弟弟各在不同城市，不會有人在巷口等我，但我深信空氣中仍然流動我曾經熟悉的氣息。

W，這便是鄉愁吧！

走出潑墨我工筆

W，爬梳記憶，是整理內在的記憶，童年花一般舞在記憶微風裡，有時一個恍然錯置一件事的始末，或者街巷安錯了，事後自己想想頗覺有趣，到底是這事這地太重要了，重要到一再回溯，然後便安放了多餘的點綴。一如我保留許多美好啟發的中聲廣播電臺記憶，不知怎地，一直誤以為那年租屋處是在吉祥街，首次向妳說起便是這樣強調，直至實地再訪兒時曾經游牧過的區塊，這才從記憶粗陋的勾勒中工筆描繪，此番線條極細，再不能潑墨一般只具粗形，而是一筆一畫描摹了。

光復路一二六巷與中聲廣播電臺比鄰，現如今雖然電臺已歇業，但那隸屬天主教的園地數十年未更改，仍是舊時模樣，所有曾經歷的生活脈絡一一重回眼前，謝謝妳為我安放了一個開啟這樁心事的契機，並為我高興，這是因我們都愛從生命之根嗅聞芬芳。

少年時節讀書不求甚解，但求心領神會，許多生命中的痕印、含帶意義的足跡，都在過了盛年的多年後，驀然回首才發現燈下依稀是童幼的自己，可卻無依無憑，街頭茫然惶惑，因那素描草圖真的草率不具細緻，差一條街一條巷一門牌，便失之毫釐差之千里了。

於是再走一趟光復路一二六巷，往時點點滴滴瞬間暖回心頭。

晨光從二樓木窗射入，春夏迎著微曦開啟每一日的生活，揹起書包出了巷子往右轉，先經過中聲廣播電臺，少不得睇上兩眼，回味一下前一日下午現場欣賞的戲齣，事實上那些演員誰是誰，一個都不清楚，小小年紀純粹只是看熱鬧，倒是也喜歡各個角色生旦淨末丑的唱腔身段。說來不怕被妳笑話，那時偶爾心血來潮，在家裡母親的大外套一披，手巾一拿就扮將起來，自編自演來上一段，彼時壓根分不清〈都馬調〉、〈七字仔調〉或〈乞食調〉，純粹是看多聽多自然耳濡目染，各調多少都會哼上幾句，唱詞當然出自腦中靈光一閃即興脫口的。家裡姊妹四人對於歌仔戲都有相當的興趣，少不得興致一來姊妹四人齊齊各扮喜愛的角色，大房間裡演上一場，母親有需要幫手叫喚人手時，遲遲未見一人前去搭手，母親一怒啐了句「清᠎Ꮭ毋食查某嫺仔的」。意思是該揀著做的工作不能怠懶。每每只要母親此語一出，姊妹們便紛紛叫戲魂離身，好回復現實生活女兒角色幫襯家務，這是必須的無庸置疑的，我姊妹四人都知道母親那是打比方，事實上我們每一個都是她的心頭肉。

我等姊妹都喜歡歌仔戲，也許曾有更早的引動，但賃居光復路一二六巷這一年的影響應該也是不小的。每日午後現場演出，斷斷續續乘著風傳到比鄰巷子裡住民耳裡，不聽也聽了，不會也會了，甚至不愛也愛了。母親見我等姊妹如此熱衷嬉玩，曾就玩笑一句：「妳們四人可組成一團去唱歌仔戲了。」畢竟戲謔說笑，而我們也只是喜愛欣賞，再偶爾姊妹玩玩罷了，否則四人怎成一團啊！一二六巷其實不寬，妳見過，算得是窄仄的了。但由孩子的眼睛看著則又是寬闊無比，玩耍嬉鬧便在巷子裡，無尾巷自成一格，獨特的安全空間，外面的人車少有鑽入此巷的。唯一一個例外，是午後經常進入巷子的行動蘿蔔糕與豬血湯小販。

那是一位婦人的行動小攤商，一部自行車，手把兩頭各掛了一只水桶，後面坐椅則有炭火煎盤可煎蘿蔔糕，並有一鍋豬血湯，我愛喝豬血湯從這時開始，五角一碗不是日日都能有的中式下午茶。有時母親藉著外務進行之便「偷溜」回家小憩，可能看我聽聞巷子中傳來聲聲「菜頭粿、豬血湯」催魂一般，在敞開的窗戶頻頻引頸長盼的模樣實在可憐，因而慈心怙幼，於是接過母親遞給的五角端著碗公去買豬血湯。踏下樓梯的腳步輕盈到不具重量，整個人也身輕如燕，是飛出家門的，載奔載欣，微笑早飛上天隨雲朵遠遊去了，徒留下裂到耳腮合不攏的兩片唇。赭紅色的豬血切成半截手指大小，一個碗裡滿滿都是，上面撒了油蔥和一把韭菜段，是美味點心，是活動畫作，是頂級享受，味覺與視覺更填得心裡滿滿的。

關於一二六巷下午點心的記憶，圖像只有我一人，姊姊不在這幅圖畫之中，理所當然。三姊剛上市立一中（後來的居仁國中）大姊二姊白天工作，夜晚讀書，下午時段她們三人都不在家，那弟弟呢？是不是又回到潑墨畫概念，腦海自然暈染成似有若無，甚或留白帶過？這是人性吧！專收留自己相關並感興趣的記憶。這般豬血湯溫潤的童年，唯那一年，光復路一二六巷的風景，之後我們又搬過幾處，西區北區團團轉，再也沒遇上行動豬血湯了。而我，對這個庶民食材的豬血漸次難捨難分了，直到長成，甚至後中年，有時外出逛著市街，若有見到販售豬血湯的商家，點餐時便會點上一份，滿足肚腸滿足味蕾滿足心神，有時也會買回一些豬血自己料理，還曾變換做法，乾炒豬血也是佳餚。

人吃五穀雜糧便就需解手如廁。從搬離古道邊的老宅，我們一家真像吉普賽人，流浪過一處又一處，幾年間還就沒有過如老宅那樣有自家可安生的茅廁，來到一二六巷已是不錯了，至少有間獨立廁間，關了木板門可自在蹲屙，雖是得和樓下住戶共用，但至少不是屎尿解在便桶，再端去房東屋裡的廁間傾倒，那情狀說不清，氣味真難聞，進房東家裡「倒屎」總一個彆扭。一二六巷的廁所在房屋最後側右邊，略高於廚房地面，得踩上一階才能推門進入，這樣的設計大約是留下足夠的糞坑空間，好容納一、二樓兩戶十數口人的排泄物。當時懸掛式水箱蹲式抽水馬桶已經上市，但這屋型仍是舊式，雖在市區，也只是每週水肥公司派員挨家挨戶取走而已。

說到這兒便想起少小曾立下一個志願，但後來我還真羞於拿出小時候的志願說與人知。國小作文課寫「我的志願」時，我不曾把這個志願寫進作文裡，我想，我是善於揣度老師的想法，打死也不敢將那志願寫出來。因為我知道「老師」、「醫師」、「護士」、「祕書」等志願，才端得出檯面，其他的都會讓老師皺眉。

我敢打包票，絕對不會有人猜得出來我小時候的志願，連父母姊姊我都不曾透露過，那在七、八歲的我眼裡，是天地間至高無上、神聖無比的職業，常常縈繞我小小的心靈。

我每週盼著見到他們，並以崇拜的眼神，仰慕這群默不作聲的敬業人士。我也曾幻想，我是他們工作行列的一員。究竟是什麼偉大的行業，能有如此魅力吸引一個身材瘦小的小學低年級女生？

說開了，就是水肥公司的挑糞工人。

W，妳可別笑喔。

是的，我說的就是挑水肥的工人。我不排斥那氣味嗎？個兒瘦小怎麼挑？

說來好笑，孩童時代個兒小的我，每回如廁時，都很擔心會掉進那「萬丈深淵」，總是戰戰兢兢快速完成大事。我既然對那坑「黃金堆」如敬鬼神般的保持距離，怎又會羨慕水肥工人的工作？我大概是那個賣矛和盾的人轉世投胎的吧！

民國五十幾年，臺中市除了極少數經濟不錯的家庭裝設蹲式抽水馬桶外，大多數家庭仍使用老舊的傳統糞坑，水肥公司每週派員掏挖，作業員們肩上橫放一根扁擔，兩頭掛上桶子，逐一從住家的茅坑裡掏挖水肥，再挑出倒進隨著作業的水肥車，各家各戶才能免除屎滿為患的窘境。

我會喜愛挑水肥工作，是喜愛水肥工人辛勤作業半日後，近午時分倚著商家騎樓圓柱隨意一坐，然後解下纏在腰際的布巾，取出布巾裡的飯盒，配著亮晃晃的日光下飯，飯後則瀟灑席地一躺，還諸天地之悠然。

多年後，我回想起來，應該不是他們腰際混合諸多氣味的飯盒吸引我，而是他們那份坦然牽動著我、他們那份敬業讓我神往。

這個志願，其實沒跟我多久，之後再搬了兩次家，育德路租處的衛生設備是蹲式抽水馬桶，那之後再也沒有機會看到水肥公司的那群作業人員，更因受五光十色的社會影響，漸漸淡了追尋那份自在的純真。

我曾經寫過一篇〈誰說不是大志〉一九九九年三月發表在聯合報繽紛版，後來收錄在《不想她，也難》散文集，敘述的就是童年每見水肥工人肩上橫著一根扁擔兩端掛著鉛桶，隨著他們進出民宅，從空到滿，倒入水肥車後，又是空桶，來來回回忙過一個上午，洗淨雙手取下腰間布巾纏著的自帶便當，騎樓下隨意一靠滿足吃將起來，那知足平靜畫面，天地大美，當時深深撼動我，我曾立下如他們一般當個「糞青」的志願。

請莫笑啊！w，那個行業是最益民眾的，為民眾解決了一件生活困擾事，居功厥偉啊！

數十年過去了，即便光復路一二六巷單雙數建物外觀沒多少異動，想必內部構造也已大作改變，那種有「屎孔」方便水肥公司作業人員挖掘的古董級便所應該絕跡了吧！

這種畫面既不合適潑墨，工筆更不宜，簡單幾筆素描，見得到大致輪廓便也足夠。可便所的「便所蟲」（母親都這樣說）白白的，牆角邊慢慢爬著，若是現在怎受得了與蛆同處一室，可那時怯怯中還算能容牠，有時甚至興起觀察蛆的爬行路徑。那時雖開始閱讀同學處借來的《格林童話》和《安徒生童話》，打死我也斷不敢廁上看書。說到這裡，我倒是打心底佩服標榜讀書最佳三上[9]的歐陽脩，他如何克服廁間一切干擾？視覺與嗅覺的，那真是絕頂的專注啊！

當我們住在光復路一二六巷時，臺灣正極力在往前邁進，新舊遞嬗之間必有扞格，得經過一段時間的磨合，才能有令人滿意的推展。五〇年代前半段三輪車還在街上跑，機車數量也日漸增多，一二六巷的房屋地基略高於巷子路面，母親為了方便摩托車晚間牽進屋裡，特別商請一位從事木工裝潢的表舅做了一塊斜板，以利摩

9 三上：歐陽修在《歸田錄》卷二中說：「余平生所作文章，多在三上，乃馬上、枕上、廁上也。」

母親於臺中區合會儲蓄部前

托車進出。住在這裡的時候，前期我還曾與父親乘坐三輪車公館訪友，後期因為父親發生重大交通事故，就醫三個月，心口壓著龐大醫療費用，痊癒後不便的下肢，以及日漸抑鬱的心理，之後漸漸成了宅男，更嗜飲的宅男。

W，妳聽我說母親的時候多，說起父親的時候少，我說過自己個性內化了很多父親的部分，我理解彼時父親盤據心靈角落的孤單，他把很多扇門窗都掩上，只跟太白說話。我說的是太白酒，這酒妳應該不清楚也沒見過，臺灣的太白酒在一九七〇年三月走入歷史，正式停產，完全被一九六六年開始生產的米酒取代了。

一場加油站內停車加油卻遭計程車高速衝撞的禍事，父親見到母親肩頭重擔增加，所有過去的海派一夕收斂，但心中說不出的不願意張口的悲苦，也得有澆息的資源，那麼就是太白了！酒名太白頗有意思，不無參考李白之嗜飲吧！父親純粹只因太白酒價格低廉而飲用，究竟是不飲不快，飲了酒才能麻痺神經。

畢竟當年我仍然幼小，凡事新奇凡事有趣，父親車禍後送柳川東路與中正路三角窗的仁愛醫院醫治，光復路一二六巷相距不遠，每日傍晚送飯去醫院，最愛「坐」正對著大門的那部電梯。才剛把飯送到爸爸和二姊手中，轉身就溜出病房又去「坐電梯」下樓，就這麼來來回回好幾趟，真是沒見過世面的小屁孩，生生浪費了好多電，該罰。確實上天也罰了我。那時電視方才開播未幾，中南部也架好天線（距離一九六二年十月十日臺灣電視公司開播已過三年），民眾也能如北部民眾一樣收看節目，儘管只是黑白影像，但因是新興影像休閒，沒人不愛。晚上八點十五分到八點半有卡通影片，我非常喜歡看的大力水手，但因送飯至醫院，再等父親吃完，自己又磨磨蹭蹭一下，大力水手早就不等我了。

W，妳應該不會想成我家有電視機吧！新發明初問世通常都物以稀為貴，怎是我家所能負擔？彼時多數家庭清簡過活，每一家都子女數不少，食指浩繁下「生食都無夠矣，哪有通曝乾」意思是日子過得捉襟見肘，哪還敢對其他多做奢望。那年巷子裡有戶人家，猶記得是面向巷尾的左側這方，也就是廚廁鄰近中聲廣播電臺的住戶，落在巷子前三分之一處，那家購置了一部電視機，並慈心大方分享，只要他家收看節目時，都歡迎巷子裡其他住戶前去共享。

一般而言，大人有忙不完的工作和家事，初高中的大孩子有諸多課業得消化，只有小學中低年級以下的小孩空閒最多，因此卡通時間一到，甚至根本還未到播出時間，整條巷子的小孩便全部擠到這家門口了，以水泄不通來形容也不為過。

記得那時我們都說「Manga」，不知從哪年開始說法換成卡通了。妳一定發現我提到擠到人家家裡看Manga的年齡層，並未將小學高年級生列入，那是因為那個年代小學畢業得經過初中考試，才能升上一級進入中學體制，一般小學五、六年級生都開始埋首做準備了，怎敢把時間「浪費」在這種幫不了成績的事情？而九年國教還得再慢兩年才開始推動，那樣的年代生活十分單純，每個人都盡力扮演好自己的角色，做好自己分內的事。

「恰如其分」這個詞我一直很喜歡，拿捏好分際是每個人該有的認知，因此父親住院的三個月期間，卜派和奧麗薇發生多少趣味，奧麗薇遇到多少危機，卜派生吞了多少罐菠菜，純然與我無關，我雖是偶而浮現奧麗薇那身嶙峋瘦骨，以及卜派慣常說的那句「I'm Popeye the sailer man」和隨後而來「ㄅㄨㄅㄨ」兩聲的逗趣畫面，也會行進中傻裡傻氣的吃吃笑著，但我還是轉而忙著穿越驚險刺激大小車呼嘯而過的中正路，睜睜窺視柳川吊腳樓生活情狀，跟隨護士姊姊穿梭巡視各病室，以及忙碌在不必爬不會電到的電梯體驗。

人說小孩子很容易就轉移注意力，可不是嗎？那年我都小學三年級了，年齡雖尚未晉升雙位數，可也非小小兒，但依舊容易就被新事物給誘拐了，而且還興味濃厚呢！

巷子雖只小小一條，在整個臺中幅員中微小到不起眼，可僅有一年的過客生活卻紮紮實實在心間繡上了什麼，否則怎麼會歲月年輪輾著一年又一年，除了曾暈染散了坐標，一旦直指現場，所有場景立時鮮活了起來，彷彿打開哆啦A夢的任意門，一腳踏出便進入我曾熟悉的時空。後來，我終於回過神來，原來就是那三個月日日從出了巷口，就走著吉祥街到柳川旁的仁愛醫院，一心祈求菩薩護佑父親一切吉祥，如此便自我催眠至著根，才會誤記成那年賃居吉祥街。

初老了，回望從前，照看眼下，歡喜自己記住的都是美好。我們都知道，生活是粗糙的，一不小心擦出一道傷，撞了鼻青臉腫，跌個四腳朝天，都是常有的事。必然也有過與樓下住戶的孩子吵架，被壯碩的孩子擠出看電視的最佳位置，母親心情不佳硬是不肯給錢買豬血湯，徒留我二樓窗邊望行動豬血湯阿桑背影興嘆。但那些與我所記憶的這些相比，根本微不足道。卑拆說過「如果有人給我一盤沙，並告訴我其中有鐵屑，我用眼睛去看，並用笨鈍的指頭去找尋，是不能找到的；但如果我用一塊磁石，於是那些幾乎肉眼不能見到的東西便被吸力吸起了。」所以我心中必有一塊強力磁石，許多姊姊們記不得的事，我代為留下印象。卑拆的語錄還有「……那感謝的心，像我在那沙礫裡的手指，不能發現慈愛；但讓那感謝的心像磁石一樣掃過整日的時光，那麼它便在每一時辰都找到一些天上的福蔭。」

是的，應該心存感謝，感謝一二六巷每一吋空間每一戶人家曾經與我們同在，無論後來的路如何，那一年有我美麗的記憶。

有一話我很喜歡，「感謝是內心的記憶。」

戀戀中聲廣播

當我幼年時，純然不知世界的腳步如此快速，網路交流瞬息萬變，無論生活或休閒都已不再是從前只聞聲音不見人影的的空中相會。

若不是親身經歷了這樣的轉變，如何能相信視訊取代了單一的電話交流，如何能知Youtube的影音播放遠勝過電臺的純聲音廣播。

事實上，我並非特別鍾愛收聽廣播的人，雖然對一些頗有名氣的廣播電臺也耳熟能詳，在人生某個時期也會定期收聽某些廣播節目，但沒有一家廣播電臺能夠如中聲廣播電臺這般深印我心。

對於戀戀中聲廣播電臺這事，無關乎廣播節目的收聽，任誰都無法想像我是因為廣播電臺的暑期兒童聖經課程，以及現場欣賞歌仔戲的美好經驗，而在心版上鐫刻下難以磨滅的圖畫。

相識十來年，妳聽我說過中聲廣播電臺不下數十次，我都不曾問妳煩不？妳是我最佳聽眾啊！W，謝謝妳。

小學二年級時，我們從北區搬回中區，想來是媽媽也戀著那條生命之河——柳川。這次我們搬到中聲廣播電臺旁邊，光復路一二六巷，從中聲廣播電臺的空地就能見到光復路一二六巷整排房屋的背影，那是緊鄰貼壁啊！

中聲廣播電臺是天主教電臺，暑假裡為附近的兒童開了暑期課程，我應是跟著巷子裡的鄰居小孩前往，這一去竟就打開了生命的另一扇窗。生性瑟縮的我，即使有伴也因是陌生地方，還會在進到中聲廣播電臺的大庭院時怯生生的，不過很快的就融入團體遊戲了，因為帶領我們活動的是省立臺中二中（現為臺中市立臺中第二高級中等學校）的大哥哥們，大哥哥們極有耐性且親切善於招呼我這般羞澀小孩。

記得中聲廣播電臺曾經在某個特定日子，開放二樓的省立臺中二中學生宿舍區供人參觀，我大約是對中聲廣播電臺抱以高度興致，所以也鑽入參觀人潮中，實實在在的看了整齊乾淨的宿舍區。那時有個疑問，何以中聲廣播電臺會有中二中學生的宿舍？那疑問不是七歲年紀的我解得開的，也就隨他去了。中二中的學生在哪處住宿非關我事，我只在意這些大哥哥們的活動進行方式。大哥哥們通常要求暑期兒童課程的小朋友圍成一個圈圈，然後一個主講的大哥哥對著我們這一群小朋友講聖經故事，這之間還穿插了遊戲與聖歌吟唱，最後在感謝上帝聲中發下餅乾給每一個小朋友。

不知怎麼的，那一年我很喜歡參加住在中聲廣播電臺的臺中二中大哥哥們帶領的活動，心裡總有一股暖流，我很清楚溫暖絕不是來自餅乾。那之前的幾年與之後的幾年，我所吃過的糖果餅乾，都沒有住在光復路一二六巷這一年的暑假裡每週五天吃到的多。那之後偶然想起時，總不免有一種深深的遺憾，生命裡怕是再沒能有那樣簡單的幸福了。尤其後來許多年後，社會氛圍逐漸有了質變，對待周遭不熟悉的人甚或是陌生人，總先在自己心裡築起一道高牆，端著一顆防備的心，久了都忘了自己的心原也是極真誠極柔軟的。

不求回報的付出不應只在宗教團體之中，不應只是有血緣關係及交情深厚的朋友，若人人都能對陌生人付出關愛，那才是最美的人情。我童年時候生活雖然清簡，可所遇到的人事都是真誠互動，而我自父母日常行事所見，真真明白了「真是人情留一線、日後好相見。」

人與人相處何需要處處算計，冰心玉壺不好嗎？

可惜，進化之後越是文明國度越難有這款風景。

w，妳的家鄉鹽水，是不是從月津港起始，直驅內陸都還一樣滿滿人情味？忠孝節義存在生活之中，每逢年節宮廟的歌仔戲出演，不就是藉戲劇彰顯人臣人子的忠心與孝思？現如今，鹽水還有野臺歌仔戲嗎？

在我兒時，倒也看過幾回搭棚演出的野臺歌仔戲，那時總喜歡鑽到後臺看演員們換裝。

在野臺歌仔戲風行的年代，中聲廣播電臺每日過午的現場歌仔戲演出，是意外的禮物、是附近住戶們的絕頂享受。每天都有很多阿公阿嬤來中聲廣播電臺近距離欣賞歌仔戲，坐在長板凳上免受太陽照射及蚊蟲叮咬，與戲臺上各個角色直接照面，清清楚楚一如自己就在戲齣裡。

中聲廣播電臺演出歌仔戲的戲臺旁邊有一間小房間，用途是演員的休息室，有時候我會好奇演員們下了戲做些什麼，因而捨棄看戲，選擇站在小房間門口，我會看見導演在講戲並且教演員怎麼演出，當時年紀小，十分佩服導演對整齣戲的來龍去脈知之甚詳，看戲純然只是覺得趣味，絲毫不清楚演員上場演出的辛苦。但也曾因看見下了戲的演員邊聽導演說戲邊吃著點心，為之感覺幸福賽神仙，有那麼一些時候心裡好生羨慕，暗自想著唱戲似乎也不錯！

不知是否因著這層遐想，那時候每天下午我都會到中聲廣播電臺看歌仔戲，想一想真奇怪，到底我如何看待歌仔戲？還是我迷上了中聲廣播電臺的什麼？

中聲廣播電臺旁的光復路一二六巷，是條長長的無尾巷，兩邊的房子都是木造兩層樓房，我家是在面向巷子這一側，緊臨巷子的房間整面都是窗戶，窗戶一打開就可以看見在巷子裡活動的人們。

住在光復路一二六巷的時候什麼都好，所有的一切都讓人滿意，包括每日下午一位婦人以腳踏車載賣蘿蔔糕與豬血湯，都讓人心滿意足。後來母親為籌三姊初中學費未雨綢繆的空出一間房間飼養小鳥，這事使日常生活一下子陷入了苦惱。為了一筆可觀的初中註冊費，三姊與我得肩負起照顧小鳥的重責大任，從洗白菜餵小鳥、換水、清鳥糞，事雖細微卻馬虎不得，每日在吱喳聲中處理這些事，總盼著小鳥吹氣般長大，好快快結束夢魘。

現在想起來還是想不通，那時母親怎就預知三姊會考上市立一中，但無論如何那批小鳥還養得真是時候，三姊的註冊費因而也就沒讓母親傷透腦筋。

光復路一二六巷才住了一年，中聲廣播電臺所在的這個天主教園區才剛熟門熟路就又要搬家，我不情不願的在心裡跟巷子道再見。搬家那天從出了巷子我就苦著一張臉，兩隻手緊抓著犁仔甲車身的鐵條，頻頻回頭望向熟悉了一年的巷子。

三姊坐在我的對面，犁仔甲的另一側，上下唇緊緊壓出一條線，不知道在想些什麼。從有記憶以來看到的三姊就都是這個模樣，很容易就聯想到《諸葛四郎》漫畫裡莫測高深的諸位小俠。那些小俠無論是大戰魔鬼黨，或是大戰雙假面和金銀島，都能引發我極大的興致，學校裡我常擠在男生外圍踮起腳跟，為的是能看到一點點劇情，就算班長朱玉環每每朝我搖頭撇嘴，李綜美說我像男生，我總聽聽不回應。總想著等到有一天我也會了一招半式，能夠保護李綜美不被臭男生扯長辮子時，她們可就會感激涕零了。

初一時的三姊實在太瘦小了，一百二十公分的身高搭上十九公斤的體重，是絕對成不了俠女沈少玉或諸葛四郎的妹妹諸葛玉真，要怎麼對抗惡徒？那時的我一身黑忽忽膚色，那可是每天中聲廣播電臺大園子裡上上下下跑著跳著，同時和一干鄰居小朋友在一二六巷巷頭到巷尾追逐，這才有了幾分強壯。

我和三姊雖是同胞姊妹，但那時對三姊其實不是很了解，甚至還有點兒陌生，相差四歲竟是一條大鴻溝，三姊可是從來不曾去中聲廣播電臺現場看過歌仔戲，我和她分享中聲廣電臺的一花一草，她總是冷冷不感興趣。這些記憶很深刻，像在腦子鑿了痕一樣。

我們是夏天搬去光復路一二六巷，搬走時也在快到夏日，天氣才剛開始要熱起來時，在那裏養過一大堆十姊妹，小鳥鎮日嘰嘰喳喳讓人頭痛，搬離那兒，唯一欣慰的是終於脫離鳥啼的折磨。

許多年過去後，午夜夢迴時常就想起中聲廣播電臺，但從沒想過有朝一日能再踏入中聲的院子。二〇一六年暮春是妳陪我閒步中區老市街，我們在不忍城市發展中遺落老城區的喟嘆中，走著走著竟就走過了吉祥街，臨到中聲廣播電臺時我還微微的近鄉情怯，妳鼓勵我大方走進去，再看一回七、八歲時竄進竄出的電臺園區。

很幸運的遇見了在此地服務年資已久的劉修女，劉修女親切介紹園區，彷彿當年情境再現，多好啊！這樣美麗的相遇，在我離開數十年後。

妳一定看出來我的大滿足，這算是回溯之旅嗎？

或者僅僅只是我滿足了自己這個在地遊子的思鄉情懷！

W，謝謝妳。

驀然回首不見燈火

W，妳聽我說過中華路二段一一二號的迷你國小，我的母校中華國小，每個年級四班，校地真的不大。

印象深刻的是和太平國小較近的這棟二層樓教室，樓梯轉角處是福利社，右側盡頭是廁所，左側盡頭是茶水間，也是蒸飯盒的地方。廁所這一側的操場邊緣有一座水塔，我喜歡下課時和同學在水塔四周漫步閒聊，都聊些什麼呢？時間已久遠拉不出隻字片語。有時我也會在鳳凰樹下撿拾掉在地面的鳳凰花，好在書裡夾出一隻蝴蝶。

那還是農業臺灣的時期，工業是沒聽過的字眼，就連客廳即工廠的家庭代工模式，也還要數年後在時任臺灣省主席的謝東閔先生帶動後，原是農業為主的經濟型態才漸次轉為輕工業，家庭代工之下擴大了外銷，臺灣的經濟才開始漸露興盛的曙光。經濟關乎民生，經濟活絡了，民生必安定。俗話說「貧賤夫妻百事哀」一家若入不敷出，怎不夫妻淚眼相對，之後再絞盡腦汁尋找能賺取生活用度的機會，否則再巧慧的主婦也難為無米之炊。近二十年來，臺灣的經濟停滯不前，多數人日子過得苦不堪言，卻再無振奮人心的經濟政策。

唉，不說現今的光怪陸離，還是回頭說我的垂髫歲月吧！

那是空氣清新沒有汽機車廢氣汙染，沒有工廠排放廢水，沒有PM2.5的年代，四時皆有序，即使臺灣位於副熱帶季風氣候區，依然能明顯感受春天的溫潤、夏天的暑氣、秋天的涼爽和冬天的涼冷，所以楊柳風吹面不寒，六月鳳凰花熾熱了南風，西風吹起時秋高氣爽，寒冬之夜北風更呼呼了。那時夏天即使酷熱，高溫難得三十幾，三十上下都是能忍受的範圍，真熱時一把扇子自動化出風，轉速強弱全憑掌扇人操作，無需假他人之手。電風扇我家僅有一架，不輕易操勞它，因為運轉也得耗電，節約能源口號今時喊得震天響，但那時的人親身力行做得最好。冷氣是什麼東西，聽都沒聽過。

那是個花序不亂凡事規律運行的世界，我和姊姊每天從近金龍街的住家走出泥路小巷接上三民路三段，走過了和五權路相交的多岔路口，我們繼續走在三民路三段，一路走到了錦平街路口，右轉走上錦平街，再走到與中華路相交路口，左轉便到了我的學校。那是溫良恭儉讓的美好社會，人人各司其職，父母忙家中經濟大事，小孩扮演好自己學生的角色，上下學自己來，路有多遠自己走，負責不是口條，不是作業本的語詞習作，得自己從生活諸事心領神會。路上跌倒了，自己爬起來，沒人呼呼。我在這樣的氛圍裡長成，完全陶然其中，若我今時能有選擇，我還想回到那個交通不亂，空氣不髒的年頭。

W，可別笑我喔！實在是現此時詭譎多變的氣候與人際易讓人擔心受怕，畢竟我非八爪魚不善八面玲瓏。

中華國小最醒目的地標是一間違建迷你雜貨店。那是時代產物，小木屋雜貨店什麼時候出現那裡，我不清楚，什麼時候拆除我也不知道，總之，小學六年，只要見到雜貨店開張心就踏實了。沒有零用錢的我只能看著放學後蜂擁而上的本校學生將它團團圍住，場面之壯觀教人嘆為觀止。羨慕那些爭相買零食或抽牌的學生，時間不會太長，很快就會告訴自己母親常說的那句「閹雞毋通想欲趁鳳飛」[10]，也的確自己的斤兩得先掂掂看，才不會癡人說夢。

比如我座位前頭是吳輝玲，她每天都編了漂亮的麻花辮來上學，看得我心生羨慕，

[10] 閹雞毋通想欲趁鳳飛：臺語俗諺，做好自己本分，勿不自量力、勉強模仿他人。

但也僅止於欣羨，自己怎樣的身命自己清楚，一頭齊眉齊耳好洗好梳好整理的「妹妹頭」，套一句現代用語叫做「俏麗」，便也足夠了。可吳輝玲那兩條辮子真是美，她媽媽早上有時間為她梳理，這是人家命好，鳳格。吳輝玲家就住在學校對面巷子裡的臺電宿舍，是個有前庭後院寬敞日式屋宅，十分氣派，我家未搬離柳川古道旁的日式屋宅，是長屋型的平民小宅，不能相比。吳輝玲坐我前面，喜歡我撓搔她的後背，這個部分似乎多數兒童都愛，我的孩子也如此，小時候總嚷著要我「挲挲」，說真的我也愛，但我後面那位同學可沒我的高配合度。可是白皙漂亮的吳輝玲身體虛弱，有時無緣無故昏倒，老師就會趕快聯絡她媽媽到學校來接她去看醫生。必是這景象太震撼了，才會鑿痕一般，到如今依然清晰。

一年級我從三民路三段轉錦平街再到中華路，每每向著長長中華路望去，想像著同學口中所說的中華路夜市，當時很是遺憾家不在中華路的那頭，甚至埋怨起父母搬家，要是還住在民族路，上學就能從夜市那頭走來。幼童天真莫若此，若我家未搬離，學籍將落在忠孝國小像姊姊們那樣，我自己不也幼稚園唸了忠孝附幼，一想著夜市竟就失憶了。我同時也忽略了一點，夜市各攤都是下午才開始準備，我小小一年級生只上半天課，就算是輪到下午班（當時因學校小教室不足，低年級都二部制一週上午一週下午輪流上課），下午四點放學夜市能有什麼可逛的？還不到晚上啊！

也許老天聽見了我的心聲，後來輾轉市區流浪，像極了沒根的吉普賽人，妳知道我家住在中聲廣播電臺邊和安龍南巷時期，我便是從中正路這向的中華路走去學校。那時，母親千叮嚀萬交代不能走進一條街，那是一條可怕又危險的街，小時候凡母親交代的必聽，不會陽奉陰違，是真正銘記在心。直至今日，我生在臺中長在臺中就業在臺中，結婚才離開臺中，可我從來沒走過福音街。雖說臺中還有不少街路我也未曾走過，但這條母親口中千萬莫踏入的街和中華路交會，離公園路很近，離中聲廣播電臺邊的光復路一二六巷也不遠，若不是時時記著母親的耳提面命，刻意避免無意間踏入，以小孩好嬉鬧的天性，很可能放學路上玩著玩著就「誤入」了。

我有很多同學住在大湖街，大湖街在面向中正路的右側，福音街則在下個路口的左側，走路靠右邊，這是那年歲學校教導的，所以中年級那兩年放學走向中正路，必定中華路右側走著，絕不會橫越馬路做不該做不能做不可以做的事。我一直到很久以後都已走入婚姻落籍港都，才知道那條街是所謂的「風化區」，鶯鶯燕燕多尋芳客多是非也多。我相信母親未必輕賤她們，但保護子女的心則是堅強無比。無論什麼年代選擇以最原始方式謀生的女性，一樣存在於社會的某一處，或許出於無奈有其難言之隱，又或者受限於個人無技藝無能為力，我們都需寄予同情。

我們某年居住處對向一戶「細姨仔」，原是「豆菜底」[11]後來從良了，可她卻強要其女小學一畢業就步其後塵，顯然同為母親，也不見得一定善待自己的女兒，或許這「細姨仔」曾被如此對待。沒被父母深愛過的孩子，不知如何愛人，包括自己的親生子女，這是我深深相信的部分。母親出生不及兩個月就出養莊姓人家，日治時期養女多如過江之鯽，多數沒被善待，母親極其幸運，在飽足的愛裡長大，所以母親同樣愛護自己所出的子女。

我雖然也去過吳輝玲家幾次，雖也欣賞那樣氣派華麗和式屋宅，但我仍獨愛曾充滿我家人喜怒哀樂各種情緒、嬉笑怒罵各種聲音的小土厝。那時節跟著三姊學會了唱「長亭外，古道邊，芳草碧連天……」（弘一大師李叔同作品〈送別〉），很自然就聯結到小徑旁的我家，其實那處哪裡有連天芳草，小徑旁偶有雜草野花而已，可就深有所感，送別了過去，那再不是我的家。

W，妳可看出我的矛盾處？一則緬懷感受美好人生的開啟處，一則因那滋養而推動

11 豆菜底：指風塵女子賺錢如悶豆芽一般，因而有此說。

往未知的路行進，大環境小環境都不佳的年歲，並未因此自怨自艾，仍然日日精神抖擻樂於學習，無論走在哪一條路，仰頭望天都覺得希望無窮，都相信未來會一日好過一日。

即便回到家是租來的土角厝，在滿溢豬屎氣味的處所仍然平安健康長大，與泥土相親，近距離吸收最自然氣味的生活，造就了健康「粗勇」的身體，在那裡一年完全沒有生病的印象。其實若有風寒小感冒也不足為奇，總是小孩貪玩貪涼風邪了，倘若只是微微喉痛，父母都教我們以鹽水漱喉，仰頭咕嚕咕嚕，多做幾次還真有神效。除此之外，母親會至第二市場面向三民路這邊一家黃藥局，大姊同學家經營的，我們都說去黃ㄈㄨˋㄖㄨㄥˊ家配的藥，到底是哪個ㄈㄨˋ哪個ㄖㄨㄥˊ，時至今日我也不知，而大姊也忘了。母親買回一種白色藥粉，父親會以日曆捲成筒狀，一側裝些藥粉，然後從另一側對著我們咽喉噴吹，效果不錯，很快就好了。再不然也有寄藥包的藥可使用，寄藥包是那個時代的特殊行業，以現今用語來說，算是另類行動藥局。W，來到妳的年代，社會蛻變得過於快速，那個行業很快遭到淘汰，偶爾想起還挺懷念呢！

那是個一切崇尚自然，所有都原型化的社會，外在添加的刺激少，光怪陸離莫名的病症就少，一般的身體不適也就自然調節即可。比如吃壞肚子，對治方法一定是少油膩，清糜灑鹽花，吃個幾餐便好了。說到底是後來食品過度精緻，添加物又五花八門，腸胃怎經得起試驗折騰。

五〇年代即使臺中市區，除了夜市外少有麵攤小吃攤，清苦人家三餐吃飽已屬幸運，哪還有宵夜這名堂。母親雖是職業婦女仍然下班便轉入廚房，記憶裡父親和姊姊都是幫手，都會事先洗米煮飯揀菜洗菜備好材料，父親的廚藝不錯應也是這段時日演練而來。一家子通力合作完成的晚餐，仍是稚齡的我雖幫不上前期作業，但吃得開心吃得多，雖只有簡單菜色，在原型食物的養分之外，更多的是填滿腸胃之外那顆暖呼呼的心。父母見我們都吃得下飯便也寬心，餐後收拾洗碗等善後之事我會做，分擔家事從小便知，畢竟家是大家的，現代年輕父母有的反映子女不幫忙家事，怪誰呢？是不是無心之下為孩子做了太多？還是機器太好用了？洗衣有洗衣機烘衣機，洗碗有洗碗機，就連掃地拖地這事都有掃地機器人了，AI的世界，看到四體不勤不願分攤家務的孩子，父母真的「會唉」！

有了練習機會，我家手足五人，包含弟弟都下得了廚房。六、七〇年代經濟起飛餐館漸多，可母親仍然鍾情自家料理三餐不愛外食。三餐之中的早餐變化極少，恆常一式，稀飯配醬菜。稀飯是早起生米熬煮，那年歲我家沒冰箱，冰箱還算新式時髦物件，沒冰箱自然沒能冰放任何食材，而且我等姊弟正在成長期，晚餐米飯不夠的時候多於有剩下，是以稀飯都是現煮。為了讓我們上學不會遲到受罰，母親得多早起床做這一切，我們若不幫忙做些輕簡的活，於心何忍？母親為了我們的早餐都能更早起，我們難道不能也體貼母親一點？更何況母親並非專職家庭主婦，職業婦女的母親在每日經手許多現金的金融行業服務，完全不能走神的。

從小在長輩的交談之中常聽見「人愛互相」一語，便一直著迷於那種相互看重，將彼此放在心上重要位置的意涵，你為我想，我為你承擔，多美！

以前讀崔瑗的座右銘，「無道人之短，無說己之長；施人慎勿念，受施慎勿忘；世譽不足慕，唯仁為紀綱；隱身而後動，謗議庸何傷；無使名過實，守愚聖所臧；柔弱生之徒，老氏誡剛強，在涅貴不緇，曖曖內含光；行行鄙夫志，悠悠故難量；慎言節飲食，知足勝不祥；行之苟有恆，久久自芬芳。」便也覺得這便是生活該時時記醒的美事，父親母親身體力行做給我們看，尤其父親，我從未聽他論人長短，即便阿祖那般待他，阿舅那樣背骨無情，父親從未在我們子女面前說過一句他們的不是，或者抱怨老天沒開眼待他不公，我從不以忍氣吞聲看待父親，忍氣吞聲常是在一時，為的是日後尋得適當機會回擊一拳。但我父母非是如此雞腸鳥肚，母親畢竟女流器度不若父親，日常偶會埋怨阿舅，也未曾對他報復，但就從此表面與阿舅恩斷義絕，暗地裡仍關心阿舅的工作（阿舅的工作是母親引介的）與生活。

父親想必極早極早便了悟「一切有為法，如夢幻泡影，如露亦如電，應作如是觀」。財物身外物，絲毫不執著。只是被原本日日生活在一起的親人絕決對待，心是傷透了，母親會怨懟亦是情理之中，父親則因為心甘情願房產拱手予人，竟還遭不合理的對待，真就勘破了。他二人咸有感於天地之大，必有我一家容身之處，父親那時心中的苦多半是因這件始料未及之事，致使妻兒困頓暫居他人籬下，這苦必苦過黃蓮，父親不啞，但他是君子，比之啞巴，他吃黃蓮更苦。是故父親飲酒，但其實父親酒量並不好，多飲必醉，醉即爛如泥，席地能坐隨地能躺，若不夠醉，便可能醉話連篇，說天文道地理講故事唱歌謠，他發洩了心中鬱悶，可鄰人累積了諸多抱怨，母親總賠罪再道歉，只得另覓他處搬家。

近金龍街的土角厝、清澈小溪、豬與豬屎一一退至身後，郊區黃土紛飛小草小花隨處可見的情節從此別過，從三民路三段這頭走向中華國小的行進方式暫停了，可學校還是矗立在那兒，那孤獨地標違建雜貨店依然是放學時分人滿為患，地址沒異動中華路二段一一二號。

我以為學校會一直都在，卻在某次暮然回首時，發現它已不在燈火闌珊處。一一二號還是學校，但不是中華路的中華國小。

火車路孔南臺中

W，當我在妳的文字裡看到火車路孔四個字時，整個人靈光乍現，霎時間好像墜入時光隧道，回到童稚時期。

阿祖走在我前頭，右手或左手挽著一條布巾包著的一盒餅或什麼等路（伴手禮）。那時節，沒有塑膠袋，也不作興紙袋裝物品，一般人都是布巾包著物品，布巾兩頭抓起來打個結，便可或提或挽了。那個年代，或許人們還沒意識到善待環境，可人人做著的不就是環保？

跟著阿祖走在寬敞筆直的民權路上，幼童瞳眼裡看見的景物咸是無比碩大，無論是路上的各式招牌，或是那個臺中人無不盡知的火車路孔，彷彿都經魔術師之手而變幻出的龐然大物。我走著看著，沒有恐懼，反倒是有一種見到大世界的趣味。這麼說妳能理解嗎？幼年我的心情，偶爾隨著阿祖訪她外家的親戚，我便是放出籠子的鳥兒，無比雀躍。

那樣的記憶在上了小學便戛然就止，我該怎麼跟妳說，家族牽扯致使父母放棄胼手胝足購置的，我們五個手足呱呱落地的日室小宅，而後我們年年異動搬遷，搬遍了臺中幾個區。阿祖在原處住著，她必仍如往常的行向火車路孔她的近親遠親許多姑表姨表親戚們，而我自此不能再追隨阿祖的腳步了。

如今，走在花甲軌道上，內在是一列童稚火車，載著我搖搖晃晃在記憶之海來去穿梭。我於是一張張一頁頁補綴，將之黏貼成篇成章成書，然後，驚見火車路孔這個詞，在搬離柳川畔之後依然不時在家庭對話裡串場。原來因勢所迫搬離自宅的父母（尤其是母親）仍舊遠距接續阿祖的親戚網絡，火車路孔一如真實的點，恆常存在我的家。

想來小學時期才由臺南來到臺中與父母同住的妳，已然解事，是故後火車站、臺中路、復興路、第三市場與臺中酒廠於妳而言，相對熟識。小小六歲小孩的妳，對臺中最初印象都落在火車路孔以南，是最尋常不過了。

而這，彷彿是補綴我六歲以後斷線的火車路孔以南的日常。

或許在妳的認知裡，妳所熟知的南區地景便是臺中。但事實是，老臺中人習慣將越過民權路火車路孔（高架鐵軌）的臺中稱作南臺中。

這樣的緣起不知從何時開始，總之，從我有記憶便是這般。

精準一點的說法，火車路孔應該算是一個地理位置的區隔，也是母親出養後的阿嬤（我們的阿祖）外家諸多親戚落籍之處，樹枝狀親屬關係中的一支，與臺中行政區之一的南區，便成了我們家中一個既定印象。

既定印象除了火車路孔、南臺中、很多親戚外，在當時，我還很自然的就會連結到位在那附近的大三元。臺中人鮮有不知道大三元，即便如妳父親與妳均非在臺中出生，落籍臺中之後很快便也知道了。

大三元是一家飯店，但這個飯店的意思和現今提供住宿的飯店截然不同，大三元是供應餐點的地方，是真正吃飯的所在。

我所知道的大三元是在民權路靠建國路附近，因為再往南就穿越臺鐵縱貫縣，同是這條路，南邊那一頭的路名就不再是民權路了。穿過火車路孔再過了復興路的這條路，臺中市府規畫時賦與了另一個路名——臺中路。

對我來說，穿過火車路孔直走臺中路的機會不多，總共只有高中三年通勤生涯，早晚兩回公路局學生專車快速經過而已，大客車裡的走馬看花，到底沒能有實地走踏時的體會。不說別的，後來我有許多年復興路經驗，兩足真實踩在路面的感受不可同日而語，更何況火車路孔一右轉復興路的那家臺中肉圓，總是無聲挑逗過客味蕾。

那些年臺中肉圓滿足過我，倒是大三元還是談論的多光顧的少。

小時候，大三元經常出現在家中的日常對話，倒不是家人光顧大三元的次數多到驚人，而是大三元是母親任職臺中區儲蓄和會公司[12]時的客戶之一，母親經常要去做客戶服務，所以這店名我從小便如雷貫耳了。至於我去品嘗過沒？應該是有的，只是太多年過去，又因少年時光顧大三元的次數寥寥可數，以致沒能有什麼驚豔的畫面留存，如今想來不免抱憾！

現如今大三元已遷離原址，民權路已然消失的地景純然只是我心裡的一片記憶圖片而已。而這些訊息，還是因為妳才知悉，畢竟落籍港都的我，早便是在地遊子了。

早先，母親如果要前去南臺中，都是告訴我們要去火車路孔，直到我都上了大學，母親還是這樣說，彷彿在母親眼裡我一直不曾長大。

南臺中這個字眼頻繁的出現在父母日常交談之中，因為母親這一系裡的出養家庭裡的阿嬤，縱向幾代再加每一代橫向的兄弟姐妹及表兄弟姊妹，支脈非常龐大，不是什

12 臺中區儲蓄和會公司：一九五三年成立之臺中區合會儲蓄股份有限公司，一九七八年改制為「臺中區中小企業銀行股份有限公司」，一九九八年再更名為「臺中商業銀行」。

麼姑婆就是什麼舅舅，再不然就是阿姨、姨婆，真的族繁不及備載，其中大多數都落籍住在南臺中。小時候聽著聽著其實完全兜不起來，一如我始終搞不清楚怎麼來的高麗舅舅（舅舅不是高麗人，是他的名諱讀音是高麗）便是住在南臺中。好在父母那一代的生活，親戚都是日常談起的時候多，倒也不見得真的就去拜訪了，如果有需要聯繫的時候，母親也許利用拜訪客戶的空檔一併處理，再不然就是晚餐後專程騎摩托車去一趟，雖說大人交流的事小孩是插不上手，但我還是有幾次陪伴母親前去的經驗，於我的解讀是，母親不過帶個孩子作伴罷了。

小學以後的南臺中始終在我的世界之外，平日偶在大人的對話中捕捉關於南臺中的點點滴滴，若有再多就彷如遙遠天際的點點繁星。所以妳所熟悉的第三市場，我完全陌生，妳說的那攤有特色的鹹蛋糕，我應該不曾嘗過，或許我該找個時間好好逛上一逛，留住第三市場的特別風情。

從這裡妳便知，對於這個極具庶民風采的區塊，我的封閉是自築了一面高牆，如此更遑論與第三市場比鄰的臺中酒廠了。若非走進第三市場，怎知市場與酒廠間有那一道小小通道。我有許多年在復興路上來來去去的經驗，都會經過臺中酒廠，釀酒、公賣的地方豈是我這閒雜人等能夠進入的，那時這般自律設想，而今那是一處開放自由參觀的空間了。再說臺中家商，因著國中同學就讀此校而知這學校在後火車站、在南區，但到底是不曾親臨以致毫無確切概念，出嫁之前沒有機會到此，許多年來摸索不出實際地點，直到與妳相偕走踏後火車站一回，我這本島遊子返鄉，才真真切切一一走過。

城市的演化，在除舊布新中開展新局，曾經活躍生活的地景如大三元的自火車路孔附近退去，走過民權路接建國路方圓幾百公尺，或許悵然，卻也更牢記不忘。一如臺中舊火車站的功成身退，新火車站盛大啟用後，很多人刻意巡禮舊火車站，便是這般珍愛之心！

民權路銜接臺中路的火車路孔必然都會存在，無論鐵道如何變化，城區如何異動，她恆常居高臨下俯瞰由她之下穿越而去的人群、車輛，以及演化而律動的都市生活。快意不快意，端在每人心中所想所求。

至於我，會與火車路孔南臺中撞擊出怎樣的火花，尚且不知。或許生命翻轉過一甲子之後，青春歲月裡不曾投入些微關注的南臺中及火車路孔，未來會置放多一些心神，也說不定。

其實，關於火車路孔還有一則，關於家族記憶，關於父親母親婚姻的起始，而那塵封的故事，是母親花甲之後，她所有子女都結婚成為父母之後，我才由母親口中知悉，被她視為新婚旅行的不好兆頭。

民國三十八年初，父親母親婚宴後將前往關子嶺旅行，事先已買好火車票，可出發那日兩人和許多搭乘火車的民眾在臺中火車站月臺鵠候多時，後來經由站方說明才知，原來是有一臺載貨貨車的車廂掛勾脫落，一路由潭子順著軌道往南滑動狂奔，衝到民權路的高架鐵軌時，衝出軌道摔落地面，壓死無辜路人。

時至今日，想來只有耆老們方有這起意外記憶，否則便要找出當時平面媒體所保留下來的報導了。

那是火車摔落地面引發平地車禍，可是肇事車輛並非行駛平面道路的汽車，不幸罹難的民眾也非火車乘客，這樣一起火車路孔車禍意外，道出了日常中的無常，母親更是常會與她一生婚姻做連結。

然而，幸與不幸，吉兆凶兆，如何界定？我並不如此等閒視之。

大學那些年多次在火車路孔下鑽來鑽去，同學一路歡愉談天，從來沒聯想過會否天外飛來什麼禍事。或許那時母親尚未提過她觸霉頭的新婚旅行，所以我心上沒疙瘩，自然喜愛和同學穿越那個串連南北臺中的火車路孔。

妳呢？喜歡火車路孔下唱〈火車快飛〉兒歌的趣味嗎？

想來，妳依然是第三市場常客，依然會去如今已不釀酒不販售不再是臺中酒廠的「臺中文化創意園區」，依然會在後火車站出入。

火車路孔，於妳意義必然不一般。

誰過了火車路孔

小時候，常聽到母親說要去火車路孔姑婆家，哪位姑婆印象不深，火車路孔的印象反而較深。到底有沒有隨母親前去姑婆家，記憶庫絲毫搜尋不出丁點線索，但我有穿越火車路孔的記憶，那是農曆春節跟著阿祖到佛教蓮社[13]禮佛，並與阿祖的蓮友們新春團拜。

有記憶以後，我所知道的阿祖雖然忒嚴厲忒愛罵人，但她其實是虔誠禮佛的老人，除了早齋外，初一和十五都茹素，不識字的阿祖修的是淨土宗，老實念佛，阿彌陀佛隨時掛在嘴邊。這是我小時候識得的阿祖，阿祖與我相差了七十歲，七十幾歲的老人我沒見著傳說中的赤焰，想來是轉而學佛，多少有所修行。常聽她說著「毋通造業」，可在

13 臺中市佛教蓮社：一九五零年李炳南老師於臺中市南區民生路二十三巷十四號創辦，為實踐淨土宗第十三代祖師印光大師之遺訓，弘揚佛法，普勸念佛，是在家居士修行的道場。

這之前的十數年，當阿祖對父親諸多無理要求時，那當下不知阿祖腦中是否浮現過「造業」一語？這曾是許多年間悶在我心中不解之事。

那些年我們和阿祖同住的時候，阿祖極嚴厲，絕不許我們「大主大意（自做主張）」，凡事要聽其安排，這也無可厚非，總是阿祖吃過的鹽比我們吃過的米飯多。阿祖特別注重規矩，設若兩人正交談，斷不可從二人中間穿過，而是要繞過其中一人身後，小時候不太能理解，後來日漸曉事，理解那是對交談二人的尊重，隨便從二人中間穿走實在很沒禮貌。禮貌是阿祖非常在意的，如若她和我們說話，我們絕不能不目視阿祖，當然更得起身站立回話，絕計不能坐在椅子上應答，更不能愛理不理，所以躺在床鋪回應的情形是絕無可能發生。惜福愛物或許是阿祖經歷過窮苦生活後培養出來的美德，在我家裡沒有不能吃的食物，吃飯時掉飯粒，一定得下地撿起拍拍灰塵再送進嘴巴。這些生活細節經年累月複習再複習，後來也就如影隨形了，凡碗裡食物必吃完，懷抱敬天敬糧的心情，不敢隨意浪費，即便是一丁點。

直到如今，餐罷碗裡必無一粒米飯一點菜渣，總會想起阿祖說的「汝有比別人較好命嗎？遮討債（這麼浪費）。」是啊，怎敢討債，家境雖清苦，但還有比咱家更捉襟見肘的人家，而比咱們家經濟寬裕者大有人在，怎敢自以為好命了，是以培福就從日常小事做起，阿祖是這般教著我們。

阿祖這脈中有個我們稱作姑婆的姪女選擇出家，在新竹仁光寺，小時候曾經和母親去過，記憶中仁光寺的師父不多，都是尼師，自己後園栽植蔬菜，自給自足。一入寺肅穆安靜，自然而然便斂了性，等閒不敢造次。淨房（廁所）在寺外後院，需脫了鞋換上洗手間的室內拖鞋，洗手間內乾淨程度在那個年代任何一處都望塵莫及。大姊留有很深的記憶是阿祖帶她搭火車去新竹，到站後一路走去高峰路的仁光寺，新竹是阿祖的所來處，她熟門熟路。一老一小就在仁光寺掛單數日，師父（我們家人私下談話時則稱姑婆）見大姊頗具慧根，力邀她出家修行，大姊當時小小年紀不知如何回應，還是阿祖眼光看得遠，回了一句：「等阮轉去讀完冊再閣來出家。」這話大姊深刻記得一輩子，有感於阿祖亦是看重知識，沒順口就代為答應決定了往後去路。師父畢竟修行日久參透人生許多事，只是笑笑說了：「若是轉去讀冊就袂出家矣。」難道一入世間紅塵多重試煉翻騰，回頭便不易？總之，後來姑婆沒再提過，大姊也持續就學，日子清淺如水悠悠流著，大姊再大一些，阿祖年歲也年年添加，仁光寺便少去了。

倒是柳川西路的慈光講堂與住處相去不遠，走過民族柳橋不多時便抵達，念佛、經行阿祖都熱衷，小小年紀四、五歲時阿祖最愛攜我同行。而我也習慣不吵不鬧安安靜靜隨著阿祖參加活動，那時聽得最多的是老菩薩們的稱讚，她們都對阿祖說：「汝這个乾仔孫（曾孫）足乖，袂吵閣會對拜，真乖真乖。」阿祖每每聽著便笑逐顏開，我被稱讚當然心情也很好。後來回溯那段時光，阿祖是極為嚴厲沒錯，並且也喜歡碎碎唸，但印象中卻勾勒不出阿祖責備或處罰我的畫面。阿祖特別疼我嗎？因為我都順她的意，以她馬首是瞻，所以阿祖不挑我毛病？

父親一樣也隨阿祖意志及要求行事，並極盡可能的「孝順」阿祖，可為什麼阿祖對父親總不滿意？父親的行事每一件阿祖都能「雞蛋裡挑骨頭」，挑出大大小小她認為的缺失。阿祖學佛之後，不知曾否逐一檢視她挑剌父親的部分？至少我幼稚園時期沒親見阿祖與父親針鋒相對的場景，倒是留有阿祖看不慣父親回家直接將腳放進水槽就著水龍頭洗腳的印象，阿祖嫌父親腳抬進水槽很不像話。

而這時期正是我目睹阿祖虔誠拜佛留下深刻印象時候，總也想著能有什麼可讓阿祖供佛？有一次，幼稚園的點心是一顆橘子，我忍著捨不得吃，放學後小心翼翼捧著走回家，回到家的第一件事，就是把橘子交給阿祖：「阿祖，這阮今仔日的點心，予汝拜佛祖。」我自然不是為討阿祖歡心，純然是被阿祖平日禮佛的專注所感。阿祖總是將買回家的水果先供了佛，然後才分給我們食用，阿祖會說「敬過佛祖，食了會平安。」平安我懂，無災無難，平順安好。許是耳濡目染的緣故，我小小心靈也渴盼一家無悲無愁平和安康。阿祖接過那一粒橘子，讚了我乖，我也笑了。若我乖能磨平阿祖與父親之間的扞格，我願意，一直都是這樣的心思，我才會忍著一個上午沒吃掉橘子，帶回家交給阿祖。

阿祖有沒有責罵過我？我沒印象，但我知道阿祖無比嚴厲，凡事都得聽其安排，上桌吃飯阿祖沒動筷子，我們便是連端碗拿箸也不會。阿祖有無叨唸過父親母親，那是無庸置疑的，因為她是母親的阿嬤，阿嬤唸唸孫女孫女婿在她看來天經地義，那種時候我必是噤聲躲進房裡如躲風暴一般。那些年習佛未幾的阿祖習氣猶深重，大約還未透悟，於是口業不斷，可奇怪的是阿祖對她的曾孫我等手足，除卻嚴厲，倒還不致無理至咄咄逼人。尤其若跟隨阿祖出門，無論是路上遇上她學佛同參，或是到了慈光講堂，阿祖敬謹客氣態度十足慈祥老人，和她怒對父親時簡直判若兩人。

這一切的一切莫非阿祖自幼受虐養女的不安全感作祟，五十五歲之後連續喪子喪夫，好不容易安生多年的擔心受怕一夕復活了起來，而向來被她視為搶奪兒子，從不曾好言好語對待，甚至被她壓迫的媳婦在無法忍受之下離家而去，恐慌如浪襲捲而來，她轉而緊緊拉住母親這根尚稚嫩的浮木？我明白阿祖其實滿腔恐懼，害怕母親也離她而去，可阿祖卻用了最笨的方法，打罵壓制企圖逼迫母親臣服其下。母親沒拋下阿祖隨外婆離開，不是她不能，是她不願意，也不想這麼做。母親只要一想到她的養父母給她一個溫暖有愛的家，她便不能不心懷感恩，阿祖加諸於她的刁難再多，她也就甘心承受，因為父母劬勞昊天罔極。母親真做到沙隆所說的「獲得恩惠的人應永不忘懷」。母親凡事任阿祖指揮，阿祖以為是她的方法奏效，不安全正一點一滴消散時，父親來了。花甲已過，日漸衰老，阿祖內心的惶恐必然大過於喪子時候，小小一顆心一定鎮日想著家裡頂天柱的孫女嫁了人，她和那個年紀還小領養進門的孫子該如何是好？我只要這麼想著，就能理解為什麼阿祖一直找父親的碴，她實在害怕沒人理會她，她實在擔心未來生計，她實在苦惱何以糊口，是以她必須牢牢抓住母親，她一定要武裝自己成為神聖不可違逆的長者，她還要隨時挑起爭端以免被遺忘了。

多年後我回頭去看，發現阿祖自導了一齣荒謬劇。原是可以平和喜樂彼此相安無事甚至和樂融融的跨代生活，卻生生演變成雞飛狗跳再無寧日。如果阿祖也能如父親一樣愛屋及烏，打一開始就善待這個願意牽就妻子孝心沒另覓小宅，而選擇和她這位脾氣古怪的長者共同生活的孫女婿，生活與生命的質地應該都會更有亮度。可人往往一念之間便走向惡途，只能說阿祖內在的不安全感太過龐大，遮蔽了她的心眼，否則以父親隨母親禮敬她，甚至購屋時也應阿祖要求，完全沒猶豫的登記在她那尚未成年的領養孫子名下，這難道還不足以安她的心嗎？

猜想已在學佛路上的阿祖，也想好好修行，無奈盡是自以為聰明的行事，結果當然不忍卒睹了。父親母親盡力承歡，依然換不來阿祖的慈眉善目，當真過去生他們彼此結過什麼惡緣，今生尋來，父親母親得經如此試煉？

所謂「柔弱生之徒，老氏誡剛強。」阿祖一定不明白太過剛硬的物件，往往一折就斷，反而柔軟度越強，便禁得起一折再折、一扭再扭、一彎再彎，橡皮筋不就是了？相對來看，父親胸襟夠大，他願意捨棄，無怨無悔（即便後來被逐出家門也默默認下），只為讓阿祖安心。我相信父親應允房產登記阿舅名下的剎那，見到阿祖如願以償面露微笑時，必也是滿心喜悅。只是父親這喜悅太短暫了，與他該擁有的平安喜樂太不相稱了。父親其實無愧於母親無愧於阿祖更無愧於阿舅。想到于謙的詩，「千錘萬鑿出深山，烈火焚燒若等閒；粉身碎骨渾不怕，要留清白在人間」。雖然嗜飲的父親我也曾厭煩，但那是他行為的失序教我惋嘆，可對於父親內在光潔的部分，始終是一面引我看齊的鏡子。

阿祖不當是那樣的啊！

我常看見的阿祖是禮佛必五體投地，念佛必一心不亂，茹素必不混腥葷。阿祖念佛一節，不是以壁上時鐘計時，而是以一盒火柴棒計數。一盒火柴棒全數倒出，手持一串一百零八顆佛珠，每念一聲「阿彌陀佛」便撥一顆佛珠，一百零八顆都撥過，才挪移一根火柴棒，然後繼續誦持佛號，如此周而復始，把一整盒火柴棒都撥到桌子另一角之後，課誦未了，仍然繼續，直到再把火柴棒一一收回火柴盒，一節功課才告完成，這通常耗時滿長。阿祖進行課誦時完全不為外境所動，明明是能夠如如不動的長者，何以見到父親便就嗔心浮現？阿祖是不是有察覺到自己不易對治的心很容易就失控？或者當時阿祖正走在時時勤拂拭的路程，卻又常覺得父親這塵埃惹了她？

我永遠相信，後來的發展也大大出乎阿祖的意料，她只想母親不棄她而去，她只想擁著房產便能恆常擁有安全，萬沒想到她一手豢養出一頭獸，張口吼走了她的安全她的依憑，那之後她必戰戰兢兢，想來她必也後悔。

每每奉母命回老宅探視阿祖，阿祖便會從她床頭右側矮櫃抽屜，拿出日曆包著的雞腿或糖果或紅龜粿，雞腿聞著都有點酸味了，但我明白阿祖是疼惜她的外曾孫，巴不得留下好東西給我們，有時還塞個五角一元給我和同去的三姊。也難怪，向來一窩孩子就在跟前，即便被她教育得瑟縮不敢吵不敢鬧不敢嘻笑，但至少鑽進鑽出，時不時喊一聲阿祖，阿祖長阿祖短滿室生春。我們搬離後，阿祖連需要幫手時，也沒個小孩可讓她使喚，對阿祖而言冬天來得太快了，並且嚴寒無比。

搬出老宅時，弟弟不及三歲，此後阿祖再沒和嬰幼兒相處過。阿舅夫人產下的孩子不經阿祖雙手照顧，阿祖念佛更勤了，聽講經的次數更多了，慈光講堂、蓮社禮拜更誠了，可日子卻一逕往前走去，再也回不了頭。阿祖看著我們一日日長大，平安健康，看著被逐出的這一家一日日茁壯，站穩根基，她雖欣喜但也暗藏悲傷。有過夏日，我和三姊夜晚留宿阿祖那兒，我們三個擠不下她的單人床，老少三個就在前廳地上打地鋪，這時阿祖不說躺在佛祖前無禮不像樣，而是說在佛祖眼下睡能得庇佑必安然無事。同一事同一人不同時便不同的說詞，彼時阿祖一定悵恨深深，可一切都由不得她了，再不是她能作主翻手覆雲的時候了。

再之後我們各有學業各有工作，回去看阿祖的時候少了，阿祖搭公車來我家的次數多了，這時是我們游牧市區五年後又購置一小宅之際。阿祖為我們高興的同時，心裡淒愴難免。阿祖要返回民族路時，母親囑我陪阿祖去等候公車，公車來了，我拜託司機先生，車到第二市場請靠站讓我阿祖下車。阿祖上了車坐定朝我揮手笑著，那年我十二，阿祖八十二，阿祖懷念我們同在民族路小宅的時光，我更是希望時光倒流，惱人的事不曾發生，但日月運轉依舊順著前行。

過後幾年陸續傳來幾次阿祖忘了關瓦斯被孫媳指責要害死全家，然後以阿祖神智不清送進大里的菩提醫院，我每日上下學的專車行駛在中興路上時，總會在經過菩提醫院時，在心裡默默為阿祖獻上祝福。往事已矣，父親母親並未遷怒阿祖，我們也常想起阿祖板著臉孔的容貌，這一年我十七阿祖八十七。母親和大姊會去醫院探望阿祖，回家轉述阿祖口裡總念著「阿彌陀佛緊來悉我走。」如此是神智不清的老者嗎？阿祖溘然長逝在我力闖窄門時，蓋棺論定了什麼？

母親始終對阿祖心存感謝，感謝阿祖在她二度就業後幫她照看了五個孩子，我們姊弟能平安長大多虧了阿祖的細心照料，家有阿祖觀前顧後也才和樂。高中畢業後幾乎不曾再到大里那麼遠的地方，可我記得阿祖最後在菩提醫院故去，中興路在穿越火車路孔之後走過臺中路便能銜接上，阿祖禮佛那般虔誠，臨終更是佛號不斷，必是往生極樂了。

W，這幾年因為妳，我才有機會再行向大里，但我已不是穿越火車路孔，再走曾經熟悉的中興路了。

老記憶舊時光

是物換星移吧？w。

許多人許多事許多物，彷彿戲劇一般，下了戲，舞臺便也消失了。

所以，離開了出生地，那曾經熟悉的樂舞臺戲院便也得自生活抽離嗎？

可為何，舊時流連戲院的記憶總在午夜夢迴時跳出來朝我招手？

離開臺中是嫁雞隨雞，但對於長養成人的城市點點滴滴卻都戀戀不捨，不想她也難。凡所有都美好，且早已在記憶畫紙上描繪一幅輪廓細緻的畫，無須借助3C產品，只消輕輕闔眼，舊時柳川西岸旁那童稚眼睛裡巍峨輝煌的樂舞臺戲院便能顯影，並自然演繹起舞臺上曾經的戲齣，貫串著我家四代女性的歷史。

說起我一家與樂舞臺的因緣，往上可直溯到阿祖，由母親口述便可知道，西元一九一九年落成的樂舞臺，座落於初音町三丁目二十番地（現今柳川西路九十九號），樂舞臺雖非日治時期臺中市第一座戲院，但卻是首座臺灣人出資（賴墩等三十六位地方人士為股東所籌組的），有別於日本人所設立的臺中座與大正館，是一處完全臺灣人自主經營的娛樂場所，在那時代意義非凡。

當時母親一家居住在距初音町不遠的川端町，川端町一直在母親記憶裡，後來成了我熟知的詞，並常埋首地圖裡，在新舊地圖裡對照。母親說過阿祖熱衷戲院看歌仔戲，常領著她樂舞臺追星瘋歌仔戲，我便揣想她祖孫倆從川端町到初音町，是否沿著柳川前行？

母親五、六歲時中日戰爭尚未開打，日本殖民之下的臺灣仍有承平歲月，阿祖當然有興致在當時選項不多的休閒娛樂中看戲。阿祖在媳婦熬成婆後，自我疼惜曾經的苦命養女，在外公能力許可之下，善待自己一下又何妨？母親因為長孫女之故，得以有機會與阿祖同行，某種程度也可說母親在閒暇娛樂中薰習了庶民文化。

母親說那時歌仔戲演出都以一個月為一個檔期，這也就意味著倘若一齣歌仔戲在樂舞臺演出一個月，母親與阿祖兩祖孫便也連續「追劇」一個月，可想而知，長期下來歌仔戲嵌入母親的生命有多深，這也就不難知悉何以我姊妹等人都對歌仔戲有著濃厚的興趣。

母親口中孝親愛家疼妻惜子的外公，偶爾也會背著阿祖，晚餐後與外婆相偕去看劇。母親說她那時年幼，不懂大人之間的虛實掩飾，有一回在阿祖追問下，一時心直口快露了餡，害得那已為人父人母的兩夫妻，剛踏著月色甜蜜進了家門，立即由雲端墮入地獄的被罰了跪。

那不也是一齣戲嗎？必然不是《三娘教子》[14]。

我從母親的敘述裡識得了外公，夜晚為母親說故事，邊說邊啜著小酒，有時還給少女母親小酌一口，後來母親的好酒量好酒品大約也是這般練就的吧！那昏黃燈下的父女倆，是一幅我腦中珍貴的畫，他們不會老去，永遠是我心中剪影。

外公會不會也帶外婆去樂舞臺看歌仔戲？或是兩人迎著晚風走得遠些，去榮町的臺中座、大正町的娛樂座？或是更遠些後驛櫻町的天外天劇場？母親不曾細問，我當然更是不知。記憶裡外婆也迷戲劇，可她迷的是大異歌仔戲的黃梅調，她著迷李翰祥執導的《梁山伯與祝英台》，追的是反串梁山伯的凌波，以當今的說法外婆是凌波的鐵粉。

母親是家族四代女性中唯一理性不追星的人，這可能與母親在日治時期任職臺中州

14 三娘教子：出自清朝李漁小說《無聲戲》。

廳民政局社會課電影股有關。走入婚姻之後的母親除了收聽廣播歌仔戲，乃至後來觀賞電視歌仔戲，之外並不熱衷戲院看電影。歸納原因，不外乎她服務於電影股時期，追隨電影股長何基明先生學習剪片洗片，看多了膠卷下的人生，再者因為接二連三出生的孩子需要養育，離開市府電影股後少了戲院招待券，也就不多花費在娛樂看戲之上了。

母親還在世的那些年談話裡時常提起何基明先生，她說何先生是她任職臺中州廳民政局社會課電影股時的電影股長，日治時期股長也是一個官職，除了要穿著官服，身上還配刀。因為跟隨何基明先生，母親因此學會了剪接與沖洗影片，但這些技術卻也因其後數十年不同的工作性質，而無用武之地，在工作家庭兩頭燃燒生命油燈之際，她甚至完全遺忘了。

人生因緣何其奇妙，母親之所以能進入州廳的政府體系任職，也是因為何基明先生的引薦，從前的人情總以今人所無法想像的美好方式進行。

那些年說起這些陳年往事，我總彷彿看見十八二十時的母親。

早先母親說起她會剪輯影片時，我總有幾分存疑，若不是母親所保留的個人證件中，就有臺中州映畫協會與州廳電影股的聘任證書，還真會當成母親說的是天方夜譚！

這到底不是天方夜譚，是母親一生裡最美好的人生經驗，是她個人歷史中與電影、電影導演結緣的一段珍貴記錄。曾經問過母親，後來怎沒想到跟著何基明先生拍電影或者就當明星去？母親很靦腆地笑了笑，都結婚生子了，還想那些做什麼？

說到拍電影一事，母親順帶說起何基明先生於民國四十四年在臺中市南區福興里下橋仔頭六十號設立了華興電影公司，之後好幾部電影啟用的一位女演員何玉華小姐。何玉華是藝名，本名卓春枝，家住臺中市第二市場臨中山路這頭，家裡經營理髮生意。何基明先生因為經常前去剪髮，頗是欣賞卓春枝，後來一再遊說，其母才同意讓女兒從影，何基明先生於是以自己的姓為其取了何玉華作為藝名。記得國高中時期常在中視頻道上看到何玉華小姐的演出，因此對於母親信手捻來的談話，不敢等閒視為虛構故事，這應可說是母親口述出身臺中的電影人士之歷史檔案，記錄了何基明先生的器量大度，樂於提攜後人。

及至第四代的我等姊妹，均出生在距離西元一九一九年落成於柳川西岸樂舞臺戲院不出五分鐘路程的民族路自宅，對於樂舞臺的熟悉便宛如自家灶腳了。小時候生活圈環繞著樂舞臺打轉，必是不會缺少樂舞臺的看戲經驗。若真要說少，自然是年齡最小的我了。臨老一心向佛的阿祖那句「做戲空，看戲憨。」說得語重心長，儼然了悟諸多人生事理，可我始終不知阿祖到底何時掙開了粉絲的纏縛？

那時，充其量我只能路過樂舞臺時，站在劇照看板前傻傻看著。也許是電影海報，也許是歌仔戲劇照，一張張綴滿我好奇的心田，於是我自任編劇自任導演更身兼了所有角色，腦海裡演出了我喜愛的戲。但大多時我只是遠遠看著，入口處一個個觀眾經過收票小姐驗票後魚貫進去樂舞臺，好生羨慕的心情純然不知，那其實才是一齣在樂舞臺上演的生活大戲！

新大樓位址為昔日的樂舞臺戲院

而我因為就讀早期借地的中華國小，天天中華路上來回，自然對中華路上的幾間戲院都了然於胸，其中安由戲院更是因為學校每學期安排了電影欣賞而數度進出，只如今還對其中一齣描述家貧男孩李潤福故事的韓片《秋霜寸草心》印象極深。而彼時，幾位年齡長我許多的姊姊，觸角早已伸至中正路上以及車站附近的幾家戲院了。西元一九七〇年代李行導演的瓊瑤系列電影正夯，我姊妹等因隨著大姊閱讀租書店租回的瓊瑤小說，自然在電影上映時也趨之若鶩，兩情相悅、生死相許的愛情故事纏綿悱惻，教少女情懷總是詩的少女們不醉也難。

匆匆而逝的歲月，模糊了當年觀賞的戲碼，然而生命最初即識得的樂舞臺三個字仍然鮮明活在記憶裡。雖然早已明白，樂舞臺從不曾遺忘任何一位進出它內裡的觀眾，可遺憾的是那曾經風華的臺中地景，在歲月默默輾著巨輪的同時被無情的崩解了。

後來，再走過柳川西路，景觀完全不再是舊日那般，空氣裡也絲毫嗅不到兒時此間娛樂的風息。

許多家族關於劇院聆賞的記事，像釀酒一般，母親在兩鬢染白之後才掀起瓶蓋，陳年酒香一撲鼻，我未飲先醉了。而後常是酒癮一來，便央著母親多說一些她所記憶的陳年往事。

然而，人生當真如戲，年輕時的母親縱然有過電影剪輯經驗，又與臺灣曾經極富盛名的何基明導演有過一層既深且美的長官屬下因緣，各自扮演了各自人生大戲的主角後，也無能倖免無常的欺身，然後靜默的自人生舞臺退場。

母親的生活，無論少女老年都已如星輝遺落遠處草原，再難於天庭補綴；而屬於我的臺中記憶，正從褪色泛黃記憶一點一點拼湊回來，是一部未竟之書。

即便許多往昔熟悉地景如今另有新貌，即便許多曾經熟門熟路的巷弄已傾圮幻化，我仍會於返回臺中時，殷殷尋訪一道小小夾縫，好擠身過去，與從前接軌。

W，這一切，莫不是流年暗中偷換了人事地景。舊時光，只留在老記憶裡。

安龍南巷安在？

有一年春天，一個週六黃昏，憑著記憶，我走向盤根錯節的街道。我原是滿心歡喜，為要尋訪那一條滿載童年記憶的小巷。W，妳知道嗎？我內心直是滿溢泡泡的沸水，我無法向妳形容那種雀躍，彷彿我是離鄉數十載而今歸來的遊子，近鄉，但不情怯。

我是，那年住在這處將滿十歲的小女孩，雀躍無比。可越走我越心慌，雜沓紛亂的市街，不是我的少小時候。

記憶中，十歲那年那一處占地遼闊，是國民政府接收自民國前十年（西元一九〇二）便創立，當時分別隸屬彰化、臺中、南投等廳的農會，後來在民國十三年（西元一九二四）合併成為臺中州立農事試驗場，場區建在當時的臺中市郊，開展我少時心眼的地方。第二次世界大戰之後，民國卅九年（西元一九五〇）改稱臺灣省臺中區農林改良場，之後再改名臺灣省臺中區農業改良場。

大姊婚前在臺中農改場任職，她們的業務及辦公廳都是延續日治時期，可以想見那種時代氛圍，靜謐、安詳。後來因為都市計畫，臺中農改場於民國七十三年（西元一九八四）遷至彰化大村，無可挽回的，日式官舍在怪手下傾圮了，廣袤的場區分做若干新建物新機構新都市風景。

可我心裡鑲嵌的圖畫，不是這一幅。

寫滿我記憶的是，場區內遍布水田，還有乳牛飼養區，廠區外有模範新村。

我好喜歡模範的氛圍，是整齊的有秩序的合宜的。那時節，小小我的視野達不到農改場的盡處，我丈量不出臺中區農業良場範圍，有牧場有辦公廳有長官宿舍有場區道路

大姊於臺中農改場場區

有草坪有農田，炎炎夏日，長長假期，我忒愛趴在田邊圳溝旁與蜻蜓對話。可如今，藍藍天空依舊俯瞰這片土地，可都成了拔地而起的建築、來去交錯的街道，所有的美麗只是我獨自的囈語，沒有人明白沒有人看見沒有人記住。

曾經，我趴在一畦畦田邊的水溝，和點水蜻蜓進行沉默的交流，夏日炎炎時候。於是，那個暑假，我「臭頭」了，老一輩說是曝曬過度，頭頂長瘡了。可我仍然喜愛在農改場的場區裡奔忙，也許追著蝴蝶而去，也許採摘野花野草，也許跑向模範新村幫忙買油買鹽，再不然向上路近民權路頭的「劉麵包」也很吸引人。

到底，我還是不怨夏日，我還是喜愛農改場的寬闊與綠意，心念裡純然懷想小京都的邊陲、西大墩再望去的天地。從來不知道時光流轉之後，所有的原來樣貌都會因人為而改變了。

週六黃昏街頭的我茫茫然了，不知南北西東，不知何去何從，只想著心眼裡那條塵土飛揚窄仄迤邐的巷子。明明地圖上標示了，可卻一路走著遍尋不著。然後我看見原是農改場的實驗稻田，以及飼牛的牧場，如今成了國中、成了綠園道、成了教育大學校舍、成了財政部中區國稅局……

我依循手上一本二〇一四年八月出版的臺中地圖，二十二頁第八幅臺中西區街道圖，清清楚楚標示了「安龍南巷」，可我數著路口彎彎繞繞，又問了好些人，W，我還攔下數位妳母校的學子，竟都無人識得「安龍南巷」！

那一刻豈止失落，有一種複雜的情緒充塞心間，彷彿那一年我們租住安龍南巷是場夢，虛幻的不存在的夢。

極少打電話給妳的我，竟在那一扇扇門裡都將捻亮燈火的時刻向妳求助，妳一定可以想見，我那時的心情是幾多熱切後又無能尋到的低盪。

我站在街頭左顧右盼，方向全無。

向前，櫛比鱗次高樓大廈，已然不是東洋房宅。

回眸，尋不到曾經熟悉的那片竹籬、那片青青田地。

怔忡，因那川流不息的車輛、因那翻轉記憶的建物、因那悄然流逝的光陰。

W，我該怎麼告訴妳，眉眼走過歲月之後，我所出生成長的地方，逐步將那些我曾經熟悉的圳溝、農田、日式屋宅，一點一滴的隱入過去的記憶。

那一年，我小學四年級，暑假時搬了家，我們搬到臺中農業改良場的邊陲，門牌號碼是安龍南巷一號。巷子的名稱真特別，不同於平常認知的數字代碼，到底那地方安了什麼龍？小時候我或許這樣想過，但必然也是自擬了一道無解的題。

我們都喜歡承租的這處日式屋宅，除了巷名和一號門牌忒容易上心外，屋前還有一小片空地，空地另一側則緊鄰了前面幾戶人家，這幾戶人家並排在只容腳踏車會車的窄仄小路一側，小路對側開展出寬闊的，春天裡迤邐成一片綠意的水田（許是改良場的稻米品種實驗區）。

除了被前屋擋去視野的水田區外，在我家右側另有一處面積不大的水田區。我們這戶安龍南巷一號是邊間，屋子右側有一長排竹籬，竹籬是分界，將水田與屋舍做了明顯的區隔，一畦畦水田便在竹籬外與人遙遙相望。

許是每天起早趕著上學，回家又已天黑，我幾乎沒見過有人在田裡工作，可秧苗竟就在某天我睡醒後，昂然挺立在淺淺田水之中，那油綠綠的稻秧默默告訴我，生命翻飛是如此迅速與有力，迎向陽光，吸足田水之後，便能昂揚開展出生命風景。童稚的我對此雖常是茫茫然摸不著頭緒，可我在那默然間卻又似能感受稻浪生命的號召，即便生活清苦，日日仍是精神飽足歡喜上學。

自窺見了竹籬外盎然綠意後，我極愛倚著竹籬，靜靜凝望籬外滿眼的綠，那綠浪教我神往，那綠意教我不再迷戀與鄰人童伴戲耍，就著那片綠，九歲已滿的我開始編織人生之夢。幼年的我根本無從知悉農地所屬，而那也不是我感興趣的事，唯一能吸引我的，仍是那竹籬間隙外綿延至我目光所不能及之處的綠，以及那綠秧逐日的蛻變。

我便是在我人生長幅素帛上，蘸著那柔柔淡淡的綠，起筆勾勒未來藍圖。

我曾在屋旁竹籬邊上欣賞自眼前迤邐而去，彷彿沒有盡頭的稻田，一邊在手上把玩著好不容易積存下來的零用錢，兩個一元銅板玩得不亦樂乎，不時遐想自己盈握富足，時而看著綠油油稻田，時而低頭留意我的銅板，實在是興奮！

在那當下，我覺得自己是富足的人，擁有從一角兩角積蓄下來的財富，又能夠不需花費就能欣賞到獨我所享的美妙田野風光。陶然間一個失神，我那一分分累增而來的兩個銅板，轉身不做留連的墜入我眼下的水田，我眼睜睜的看著財產在瞬間化為烏有。頓時我僵成泥人，不會反應，欲哭卻無淚。歡樂與失落就在一瞬間，一線之隔便分出黯然神傷與興致勃勃，年少的我並沒因此悟出得失便是如此悄無聲息藏身生活，那茫然時刻裡也無法體察一體兩面的真義。我的下一步是，企圖在水田中尋找那失落的兩塊錢。

於是我飛快從竹籬的起點踩入水田一隅，飽含田水的泥土裹住我的腳，並不容易移動，但我那顆想再找回兩個銅板的心，領著我搖搖晃晃走向銅板掉落的區塊，我彎身摸過一遍又一遍，來來去去，從陽光才在西天緩緩盪著鞦韆，折騰到灰色紗帳一吋吋張掛在我頭頂，我的雙腳早已被泥巴糊到膝蓋處，兩個手肘之下都是水田的黑泥，然而我的兩塊錢依然杳無蹤跡。

我不是農夫，卻在水田裡辛苦工作；我在水田裡辛苦工作，卻是勞而無功。這一天，我的心情經歷了愉悅、失落與懊悔三部曲，如果我純然只是欣賞青青秧苗，我便會保有寧靜的美；如果我不在竹籬上把玩那兩個銅板，就不會有遺落銅板的憾事發生。或許這是老天特為我安排的一個課程，告訴我樂極生悲的道理，只是那時年方幼小的我，完全沒有辦法理解，那之後有很長一段時間，想起遺失的兩塊錢，便有滿滿的遺憾。

好久好久之後我已成年，生活裡經歷了更多跌宕，我才終於恍然失去的只是兩個銅板，而我卻在那當下忙著下到田裡找尋銅板，以致錯失欣賞西天一抹紅霞的美麗。於是我慢慢學會了快樂時樂在當下，失去時放下執著放下緊抓擁有的念想，從此除了凡事小心翼翼外，得失之心也漸次淡然不再凝重。

當然，遺失銅板後我仍然喜愛那一片埋著我儲蓄的水田，也仍是每日沿著水田邊緣的小徑，走出小路盡頭，穿越五權路，從中華路一段走到中華路二段上學。這一趟一個多小時腳程的上學之路，途中會經過多處十字路口，謹慎小心穿越每一處虎口。這思維均來自每日晨光濛濛亮便出門上學，水田裡正從灰撲撲中探首的春秧，無聲告訴我得帶著一顆期待茁壯的心，方能迎著初升晨曦展現生命風華。

冬日夜長晝短，一個多小時的腳程，放學後常是從彩霞滿天走到黑幕升天才到家。雖然一路寒風颼颼，但在夕陽相伴下，我哼唱著自編的歌仔戲，一路走進暮色，很是自得其樂。

穿過五權路拐進回家小徑，兩旁疏疏落落的低矮房舍，和錯落其間的水田，過了一條小溪溝（其實是梅川），再走一小段更狹窄的泥路，才會到達安龍南巷。有一回昏暗中我唱得正起勁，突然從不知名處傳出一陣笑聲，驚嚇的我立即噤聲，轉而探看四面八方，那笑聲都不像來自遠處每一盞昏黃燈光，這時我更驚慌，莫不是……？但那當下我又想到，即便是另一個空間的朋友，也是因為我的獨角歌仔戲有所感才會發笑，那就自娛娛祂吧！

W，若妳問我有關於安龍南巷的一切，我會告訴妳，千言萬語說她不盡，她美麗的身影依然鮮明跳躍在我每一處神經。若化做文字，萬字十萬字或許仍無法盡述。

我不知道現在記著的是否真實？

我不知道安龍南巷是否是一個夢？

夢裡每一條神經幻化做我所知的每一條路，從中華路經民生路，跨過五權路，路面瞬間縮得窄小，走過一座小泥橋，便走入空曠曠的田野，沿著田邊小徑，再走一小段曲徑，門牌號碼安龍南巷一號的日式房宅，就在不遠處了。

然而，安龍南巷究竟是哪一條？從過橋之前算起？還是過橋之後？兒時的我走過一回又一回，不曾有過疑問，而後再三回顧，跨進了記憶裡那條安龍南巷，依然分不清哪一側是源頭，只如今恐怕也無法實地再驗證了，便是Google Map都搜尋不到安龍南巷了。

是城市的所有面貌都改變了？還是歲月的腳步快得讓人抓也抓不住？我怔忡在繁華熱鬧的街市。

回眸，看不見竹籬與新秧。
向前，是連棟的建築。
左顧，車水馬龍。
右盼，天色已晚。
唯留，記憶。

記憶的窄仄泥路

現在和妳談著都覺得好笑，明明是叔公祖的家，而且當時叔公祖也還健在，可我們在家裡談起時都習慣說嬸婆祖的家，是因為我們姊妹都是跟隨阿祖前去，女性相處久了就習慣這麼說嗎？

W，妳說這是怎樣的女性思維？

叔公祖家在十甲路，但我們也常說成番仔路，小時候聽著大人這麼說，其實是完全不明所以，但我相信兩種路名的說法是不違和的。我曾在臺灣傳奇人物謝雪紅口述楊克煌筆錄的《我的半生記》中讀到番仔路，因而消散了兒時對於番仔路說法的疑惑，這樣的說法確實是存在的。

十甲路也罷番仔路也罷，無論是叔公、叔公祖或嬸婆、嬸婆祖，都是和外曾祖父有血緣關係，可那血脈卻無法直接連上我，只因母親養女的事實。但我不曾謀面的外曾祖父仍是戶籍上相關的親人，乃至於叔公祖、嬸婆祖亦是，我因而很喜歡那不同於市區景致，有著遍地綠意，在當時算是鄉下的地方。

從前的社會，人際網絡環繞著親屬關係，親戚間走訪互動既頻繁又熱切，非關禮數，而是極其自然的連結，所以整個家族裡幾房伯叔，乃至上下幾代堂表等族輩莫不清楚，稱謂均不致出錯。反觀現代小孩，常連稱謂都認識不清，更遑論從未謀面甚至從未聽家裡人提及的「八竿子打不著的親戚」，他們如何能理解爺爺奶奶或爸爸媽媽與這些人的關係。

現此時，或許有些人會不耐龐大親屬的應酬來往，總覺得需要多勻出心神多騰出時間，甚至多耗費金錢。然而，人與人之間應對是出於自然出於關心出於真誠，若此，時間金錢都不值一提，朋友間亦當如此，更何況有親緣的族人？

當時年紀小，從來沒去深入思索世居當地的住民究竟是哪個族群。

其實何止是我，周遭的大人們似乎也從不會去在意自己來自哪一地哪一族，他們只專注在最後落腳的地方，日日孜孜矻矻認真生活，認分守著自己一家，並歡喜與他人進行交流。

情感交流不是被規範出來的，情義相挺也非誰強迫誰誰指派誰，一切是那麼自然的從彼此心底汩汩流出，分毫點滴逐日逐日累增，然後成了一道極美麗的風景，誰都沒說破，僅僅只是一份情。

隨阿祖去嬸婆祖家也是因著阿祖與嬸婆祖妯娌間的情，雖淡卻濃。嬸婆祖一家人善待阿祖疼惜我，更是愛屋及烏的人情續章，他們不說但我明白，情味身後的真。

後來因為求學而拓展了知識領域，從各個不同途徑所獲得的線索，延展了我的認知，我因而明白平凡平實的日常背後，或許雜揉了許多不同族群的生活經驗與風俗習慣，而那些融合是那麼的和諧無礙。

偶爾我閉上眼睛想像百年前或是更久遠之前，在番仔路上必然有一些來來去去的泰雅族人，那麼，有沒有過哪一個泰雅族人戀上了十甲路周邊的水文、田園或風景？甚至將目光停留在某一個男子或女子身上，然後便是最自然最愉悅的族群融合了。這麼一想，我不禁要問，叔公祖他們會不會有一丁點泰雅族的血統？或許潛意識裡我有一些些盼著身上能流有一點點不是福佬人的血液。

但，我也太異想天開了！

無論叔公祖血液裡是否流動了泰雅族的基因，依然與我絕了緣，因為母親是外公外婆領養的孩子，身上流著的是她生身父母的血液，來自臺中市乾溝子，應是來自福建漳州府，如何也連不上泰雅族啊！

其實一直以來緣起哪一族對我來說都無關緊要，我喜愛的是我們真正熟悉的生活區塊，一樣呼吸一樣喝水一樣在藍天之下，我關切的是記錄我成長的這個昔時喚作大墩，日治時期有著小京都美譽的城市，以及城市由舊至新的種種變化。

童稚歲月裡，每一次和阿祖去嬸婆祖家作客，千篇一律都是從雙十路和精武路那頭的出口走出臺中公園，然後沿著當年尚未拓寬還十分窄仄的精武路前行。記憶中，經過旱溪時，我和阿祖都是行走在河床上，那溪根本算不得是溪，常年乾涸無水，河床上裸露大大小小的石頭。

小時候只知此溪是旱溪，後來才明白這溪若不叫旱溪又該叫什麼？

越過旱溪後，久遠的記憶裡畫著一條窄仄的泥路，泥路一路延伸，看不見盡頭在何處，泥路上走著，總能更深更遠，但小路深處總有人家，頗有幾分「柳暗花明又一村」的感受。

收回視線落在泥路兩側，則可見一式的農家田園風光，磚屋瓦房土角厝，家家有田戶戶養豬，雞鴨鵝大埕走走晃晃，偶而還與稚齡孩子大玩追趕跑跳，農家之樂樂如何？不就是這般的閒情野趣？

那年歲，不若今時的機械化自動化，鬆土耘田耕地非得大水牛不可，牛可說是每家每戶不可或缺的大幫手。所以從前老者都說牛是農家最苦幹實幹的成員，逢年過節雞鴨魚豬都可上桌，迎神廟會殺豬宰羊必然有之，可說什麼就是不能殺了牛食用牛肉。說到底，牛也像家裡的一分子了，焉有殺牠吃牠的道理。

記憶裡很深的一個印象是，要轉進嬸婆祖家的小路前有一座小巧的水泥橋，我曾經趴在橋上俯視小河裡泡涼的水牛。那個夏日午後風在小河邊的大樹流竄，不定時撲上我的後頸，吹走膩在我身上的熱氣。我跑出了數十步之外的嬸婆祖家，阿祖和嬸婆祖正在通鋪上午寐，我悄悄來到小泥橋，嬸婆祖家的牛在小溪裡泡澡，我正大光明的看著。水牛與我，相看兩不厭。

如今，哪裡能找到那樣一座小泥橋，哪裡能看得到一條水牛溪裡悠閒泡涼，在臺中的街景中？

不說現在，約莫民國七十年左右，精武路尚未拓寬，沿路深入進去的坪林、車籠埔、及國軍八〇三醫院我都曾去過，彼時所見已非我四、五歲時的情景，那時整個島嶼都正欣欣然於城市的進化，都市裡兒時所見的綠秧水田已不復多見，取而代之的是新社區新聚落新砌成的透天厝。而數十年後的此際，所感受到的是演化後許多飽含情感的地貌，便是在那之後一點一滴的褪去，終至蕩然無存不復存在了。

我知道再深入山區一點有個頭汴坑，說到頭汴坑，我的記憶存留的是姊姊們經常提及的蝙蝠洞。我童年時頭汴坑的蝙蝠洞很吸引年輕人來此地郊遊烤肉。完全沒想過那時的頭汴坑其實也經歷過變化，怎麼說呢？依然是在閱讀謝雪紅那本《我的半生記》時發現的，書中第五章〈童養媳〉就提到她必須前往太平庄的頭汴坑砍柴，來回要走七、八公里甚至十公里的路。當我讀到這兒時，我閉上眼企圖想像那滿山林木的景象，可總是後來青山綠水好風光的圖畫躍然眼前，那年代畢竟距離我太遙遠了。

再到妳的時代，恐怕又進化了一些，仍會有我少年時的舊時樣嗎？

W，妳來過嗎？頭汴坑。

我小學和國中時期，經常看見大姊二姊假日不厭其煩的準備鍋碗瓢盆木炭火爐及食材等，就是為了和她們的同伴一起去頭汴坑的蝙蝠洞郊遊野炊。那是一個崇尚自然的年代，姊姊們以溪水洗菜洗鍋瓢，野地生火烤將起來，末了再以溪水洗淨一切，包含工具等。溪水清澈清洗飲用均不憂不懼，食材器物也未含農藥或清潔劑，不致對野溪產生傷害。自己帶去的物品，使用過後不論是否成為垃圾，都是整理好再帶回去，郊遊之後不留下任何不該留的物件，還給青山綠水原來面目。那時節環保一詞尚未被彰顯，可生活裡民眾的所作所為便已是對環境致上最真誠的敬意，沒有破壞。

那些年我總羨慕，但年齡的差距是不能隨行的潛規則，另一個很重要的因素是當時我還不會騎腳踏車，姊姊和她們的玩伴十來人，個個都是腳踏車上路，那情景和今日的出遊大異其趣。交通的不繁複，生活型態的單純，在在引領著青春男女向著郊外而去，接觸山親近水呼吸新鮮空氣進行樸實真純的人際交流，沒有汙染沒有煩惱放開胸懷貼近自然，全然是今人難以想像的畫面。

不知從什麼時候開始，一切都變了，各種行業各個家庭乃至個人，熱衷追求所有新發明新事物。追求交通便利的結果，是摩托車汽車大舉進入城市，步行以及腳踏車漸次於生活中被遺忘；為圖各類行事的方便，塑膠袋塑膠杯免洗筷免洗碗取代了本與飲食相結合的木箸瓷碗玻璃杯布質包巾；為求增加生產量，各種化學肥料強效農藥一一派上用場；於是，土地與河流承載了難以言說的疼痛，生病了，生病的水質與土壤，如何能養出健康的國民？這樣的覺醒，竟然還要在歷時許多年後有識之士大聲疾呼後，才蝸牛化的看重環境保護一事！

我到底去過頭汴坑蝙蝠洞沒？已然不重要，重要的是我心裡有一幅圖畫，留給太平留給十甲路留給臺中公園，留給我呱呱落地的臺中城，留給小小年紀已然不復存在的我。

時代往前進，城市愈發光鮮，但很多我所珍藏的的地景已然消失。或許會有一層記憶是安放這些曾經的存在，隨時都能拓印，即使會有一絲絲惆悵淡淡的貼在心頭，但我仍然緬懷。

問心無愧敬我父

如果以今時二十一世紀往回推半世紀，那是上世紀中已過數年，我們被絕情對待而搬離中區老宅。父母承租的土角厝遠在北區三民路三段某條鄰近金龍街的巷子，這是一種心理拉開距離的對策嗎？

無語問蒼天，承歡長者的結局竟是自掘了一個吞噬身家的陷阱。

沒能爭，紙頭無名；不想爭，當初心甘；不會爭，那非所願，只是萬沒想到，孝心被當傻愣子，好心被當驢肝肺，怪得了誰？沒人能怪，唯有自己，父親必是如此看待自己。

當初樂意那般，只因有情。親愛家人全因情在其中，血緣何干？夫妻不就毫無血緣？父親的以為，難道太過天真？同一屋簷下的老少聯手布了局，請君離我帳下。父親是書生，不張牙舞爪，未據理力爭，沒給人難堪。可受限財力僅能勉強覓個遮風避雨處，兩間自行整治榻榻米的小房間，連個煮食空間也沒，臨時在土角厝外側以木頭搭出一坪左右，名之為廚房。洗浴呢？因陋就簡，與鄰屋間隔的空地張掛一塊布簾，將就了最美的星空浴間，瑟瑟寒風中轉移了焦點。解手大事只能屋裡角落擺放便桶，累積半桶再端去屋主茅廁傾倒，那是怎樣的一個怪啊！

如此簡陋的生活空間，父親怕不是要耿耿於懷了，他曾經的一念孝，到底是愚，竟換來自己小家庭失了安身立命處。與父親性格相近的我如此揣想。

那一段日子，父親常常晚餐之後，漁具釣竿一拿便出門釣魚去了。本應昏黃燈光下家人同在，或問父親不會的功課，或請父親幫著削鈍了的鉛筆，或者作業完成後，時間還早，央著父親說個故事，但父親避開了。是否心頭糾結時，唯有放逐自己於水湄處才能得平靜？或者不捨晝夜潺潺向下游去的水，可能觸動父親的心思，想著日子還是得一日日過著，生命得漸次加深加厚，昨日種種就讓它隨風而逝吧！

W，妳若問我，喜歡父親去釣魚否？剛滿六歲的我，到底是不甚清楚成人世界裡有人心機深，有人被虧待，有人忘恩負義，有人顧全大局，也就不太願意夜晚見不到父親。但若次晨醒來，父親的魚簍子有活蹦亂跳的聲響，我便知道當天能有魚腥。父親以這樣的方式加菜，以這樣的養分彌補一家人。然而父親經常釣到土虱，卻是我最害怕的一味。母親說土虱很補，可我光看牠嘴邊張揚的鬚就感覺直似阿祖癟著唇罵人，本能知其不好惹，不好惹之物烹煮而成的食物，怕也惹不起吧！

對於土虱和泥鰍我向是敬謝不敏，對此母親可能感到頭痛，這魚不吃那魚不吃，營養怕不足，長得忒是瘦小。母親承擔一家生計，肩頭重擔頗大，念茲在茲是好不容易得閨蜜貴人介紹進入了金融體系工作，定當全力以赴。父親相對心思便多放家裡，且思維細密，他會請母親買狗母梭魚，然後大費周章起火熱鍋製作魚鬆。通常是先以中小火，慢慢推著鍋中的魚塊，不停翻動不停壓推不停挑出魚刺，魚身水分越來越少，顏色也逐漸變深，火再轉小（父親會拉上一半火爐前的通風口片）慢慢炒到乾鬆就完成了，取出盛盤冷卻之後裝進乾淨玻璃罐，可食用多日，魚鬆配飯我便吃得，真是讓人不省心的小孩。每每想起這項就心生慚愧，父親一直如此寬厚對待他的子女，我感受尤深。

人的一生不過數十年，相互之間的對待也可能有過揪心怨懟的事件，經過腦波不斷放大，常會失控撞裂原來美好的記憶畫面，然後碎得零零散散，若無能找到契機，重新黏貼那些記憶碎片，可能就此與重塑擦身而過了。

我為何這麼說？W，妳知道嗎？

去年我邀請大姊回溯兒時與父親的互動，因為大姊對於父親的貪飲杯中物一直反感。出我意料的，大姊找到一把開啟舊時記憶的金鑰匙。大姊說那年她十一歲，弟弟剛出生，有一日她從外面返家（應是學校放學回家），父親一見到忙不迭將她抱起，良久良久，大姊說她雖已滿十一歲，已是小少女，但當下她感受父親沒因喜獲麟兒，尤其是四個女兒之後的兒子而忘記其他女兒，特別是她這個長女，那一抱彌補了可能的曾有的隱約的失落，所以她完全沒忸怩，像一般十來歲小少女羞於讓爸爸抱滿懷要趕緊逃脫那樣。大姊說她就這麼讓父親抱著，她依在父親身上盡情享受靜默深厚的父愛。大姊陳述這一段深埋的記憶時，我彷彿也在她十一歲的現場，我為這樣的場景歡呼，大姊回頭找回最真最純最美的舐犢情深，所有後來父親因嗜飲而脫序的行為，應都能一筆勾銷了吧！大姊這幅溫馨動人圖畫，背景屋型還是柳川古道民族路出口邊上的小宅，金龍街還在遙遠的某日之後才會撞進我們小家庭的生活。

土角厝展開的生活，於我而言是新奇且新鮮，出了屋子右轉一條長長小徑之後便接上大馬路，五〇年代初期那小徑是泥路，風大時塵土飛揚也是常事，泥路旁一條小溪，或許只是一條水溝，童稚眼睛放大了它。在老宅那些時被禁止下去柳川底戲水，可在土角厝這兒，溪就在眼前，不需爬下石梯，拖鞋一丟盡可下水，父母都忙著時，即便共四隻眼睛也無法黏在我身上，我隨著鄰居小孩恣意玩著，炎炎夏日上午上學，下午午睡起來寫完功課做什麼好？當然是玩水去了。那年代小河清清，直見到河底石頭，小孩水裡玩著，蝌蚪也趕來湊熱鬧，那首「我家門前有小河……」真的沒騙人。一直泡在水裡根本不可行，皮膚皺成了老臉，趕緊跳上岸，拖鞋一趿，跟著領頭羊轉戰他處，玩點其他遊戲。捉迷藏好玩，大家樂此不疲，尤其自然屏障多，鬼可有得找了，後來實在能躲藏的地方太遼闊，怎麼玩也結束不了，苦了那隻鬼，一直抓不到替死鬼。於是玩著玩著有了共識，不能出了房東屋主的領地，躲藏範圍只限小徑進來到房東大宅後牆，包括豬圈也可躲。

說到豬圈，那年是我和豬隻最近距離相處時光，也是相處時間最長的時候。以往雖曾隨阿祖前去番仔寮叔公祖家，叔公祖家是典型農家，有養豬牛雞鴨鵝，雞鴨鵝隨牠們屋後空地亂亂走，牛是耕種大臣受特別照料，豬雖養著要出售，依然要好生照看，專門的飼養區，熱騰騰的豬食，定期沖澡淨身都沒落掉。去叔公祖家我雖愛看與豬相關的二三事，總跟前跟後，主因是那畢竟非三天兩頭便有得「觀賞」。但到得三民路三段的巷子住處，不想聽豬嚎不想聞豬屎不想看豬隻，都由不得我了。我家木門一開豬圈就在視線所及處，豬屎坑更近在我家與豬圈之間，所有有關豬的一切盡收眼底。門若不開著呢？豬屎味、嚎叫聲在在透露了牠就在距我不遠處，日子一久習慣成自然，豬屎氣味自然添加劑，嚎叫是天籟的另一章，聆聽嗅聞都成了生活不可少的物件，那一年如此這般的「陶冶」，不知有否鈍了我的聽覺與嗅覺？

W，妳童年在鹽水有過這樣的場景嗎？我童年時代臺中郊區自家養豬的情形比比皆是，但不知是否也有人如我家三姊那樣一腳踏入豬屎坑，幾乎滅頂。關於這個公案我寫過一篇文，〈溺沉豬屎坑〉一九九三年七月發表在《臺灣日報》副刊。後來更另擬大綱擴充成一部八萬多字的鄉土少年小說，通過國藝會的出版補助，二〇一二年初該書上市。於今，妳我也已結識逾十年，《誰？跌進了豬屎坑》成書過程妳大抵是明瞭的。

我只能說幼童天真只知吃睡與嬉戲，根本不知生活苦處，每日天一亮，千門萬戶曈曈日，卻也得柴米油鹽樣樣來。一個家庭要穩定，基本的經濟能力不能破損，那年頭真正的「好額人」鳳毛麟角，小康之家必然也有，但為數最多的是清貧的普羅大眾，總想著各種方法掙錢貼補家庭基本開銷。母親獨具慧眼，早早識出二姊經商的能力。我們近金龍街的租處距新民商職（今日新民高中）不遠，暑假期間是初中、高中、大學三級聯招的大會試，考場通常都會設在學校，新民是自日治時期即設立的老學校必被徵用做考場，考生一個上午考下來耗盡腦力必定飢腸轆轆，總得有食物充飢補充體力下午再戰。若未事先準備飯糰便當，便得買個能止飢食品，母親嗅到這個商機，找定了熟識的麵包店，批了一些麵包，讓二姊顧攤，一來暑假期間避免「活骨」的二姊「四界趴趴走」，二來藉此磨練二姊經商長才（二姊後來在經營委托行專賣舶來品這一領域，真就游刃有餘）。

三姊形容二姊行銷手法好口條佳面帶笑容親切有禮，因此能在極短的時間內完銷，我那時（其實直到後來）對二姊神級銷售能力無比佩服。新民商職提供幾次考場運作，二姊便上場做幾次小小麵包銷售員，三姊是瞻前顧後隨時搭個手的小幫手，但幫的時候少，看傻了的時候多。三姊說二姊真厲害，那麼多人齊來，誰要什麼麵包她都不會搞混，該收多少找多少也很「頂真」，一張嘴舌燦蓮花，真是作生意的料，換作我們怕會壞了母親的安排。其實這勿寧說知女莫若母，哪個孩子有什麼潛能，能做什麼事，該如何適時給予機會培植，母親心裡自然有數。幾場試煉練就二姊商業敏感度及「好膽」，銷售力及「遠見」佳，「營利」對補貼家用不無小補。潛能也得有合宜時期與場域，才能實際上陣磨練提升。小小年紀時或許難免時有怨言，不外乎就「我都要去工作賺錢，你們就可以在家玩？」二姊都不知我可羨慕她了，不說當年老想跟她去新民商職賣麵包，就是後來也常讚嘆她的經營策略與手法。

我們其他三個女生沒有如二姊一樣的歷練過程，難道是失了栽培嗎？不，絕不能如此粗略看待，真的只能說人各有命，即使同胞姊妹各有各人命定之路，而母親一手拉拔長大的孩子，判斷自然不會失誤。近金龍街土角厝的日子肯定過得不寬裕，但當時那兒是市郊，比起民族路老宅周邊的街景寬闊數倍，心在不知不覺中敞開許多，雖然仍會不時想起來處的柳川畔民族路，但也漸漸融入此地生活並樂在其中。

彼時弟弟不滿三歲，白天大姊照顧，晚上母親下班接手，大姊則去臺中商校（今日臺中科技大學）念夜校。即便生活拮据，用度常有不足，母親靈巧發揮了善加利用作準備的持家最高指導原則，美濃瓜、黃瓜盛產時多買一些曝曬成乾，能久放。除了食材，母親也釀酒，生活中小酌增添情趣母親也樂見。那一年母親釀了葡萄酒，酒釀成後濾過裝瓶，醇香葡萄酒分作每個日子的調劑精靈。某日，母親晚餐後幫弟弟洗澡，澡盆裡的弟弟一反日常拍水玩水潑水呵呵笑的模樣，反是整個人如消了氣的皮球軟綿綿的任由母親挪過來移過去，叫他拍他沒反應，母親十分焦急，只想著「這孩子到底怎麼了？」可那時大姊已去學校不在家，沒人能解答母親的疑問，好不容易挨到晚上九點多大姊下課回來，母親追問白天發生的每一件事，這才整理出結論。弟弟不是生病，他是下午自己掀開釀葡萄酒的大甕，抓著裡面的葡萄酒渣吃，那是醉了。這個發現教母親哭笑不得，倒也為稍嫌苦悶的日子添加了一點點緊張氣氛，以及解除後的大放鬆，母親後來若再重述都是趣味看待了。

可不是嗎？生活的有趣的無價的體驗，都在那簡陋土角厝裡發生。

不知怎的，對那樣的年代我一直深深懷念，某種程度我和父親當時一樣，是「今之古人」吧！那是「反求諸己」的時代，盡自己本分做自己該做的事不多要求。現代人開口講權益，凡事先衡量損了自己多少，美其名為公平正義，真是這樣嗎？我特別記得早年沒有颱風假這種「時髦」名詞，一般而言學生照樣上課，上班的人依舊堅守崗位，除非風雨真大到臨界點，政府才會即時透過電臺廣播告知停課，或家長到校接回孩子，或孩子自行回家，既未剝奪學生受教權，也沒在學生心裡養出一隻怕風怕雨盼停課的小怪獸。近年來每每颱風即將來襲時，各縣市政府放了颱風假的結果，是廣大群眾欣喜平白多了一天假期，看電影逛街去。

二〇二〇年共有一百一十五天假（勞工一百一十六天），假日已經超乎一年的三分之一了，剩下的天數用在學習知識、發展經濟，會不會單薄了點？

什麼時候社會走到這樣的型態？把握每一天似是遙遠的口號，勤勉已是很難再現的社會氛圍。

我們失去的又何止這個優良品格？

W，妳或許認為我冬烘、偏頗，我承認。但那時路上走著，再窄仄的泥路小徑，都不需擔心受怕迎面走來的人會否臨時起意襲將過來。那是懂得自律的社會，人人自我尊重自我要求，所有不公平說穿了是自己選擇之下的產物，一如我父母選擇順應阿祖的要求，房產登記阿舅名下，以致受到驅逐對待。母親對於這結果曾經心生怨懟，偶爾叨唸幾句，父親卻是從未提起，當年稚齡的弟弟恐怕對搬離民族路的始末，直到現在還朦朦朧朧吧！

那樣的年歲，父母教給我好觀念，人生不是是非題，但自己不能沒有是非觀。人生的選擇項目，在在考驗一個人的智慧，當然凡人都極易「感情用事」（如我父母），設若既以「情」為先導做下選擇，日後生出何種果實自己得要「照單全收」，這是對自己負責對他人負責（即便那個人你已不屑）。

「仰不愧於天，俯不祚於地」是做人基本款，現如今幾人奉為圭臬？

人生一途悠悠數十載，親人朋友同事或有意見相左時，謹以「無法事事盡如人意，但求問心無愧。」自我安慰即可。

問心無愧，好美的字眼，敬我父。

鄉愁在柳川古道

一直有個夢，夢想再一次在這座滋養我的城市悠哉生活，走著以前走過的路，回味每一處刻劃生命痕印的建物，但我也清楚即便如願，這座城市經過數十年的發展，早以另一種風貌與城市裡的子民相呼應。

若我執意要感受從前的意象，或許只能「聽自己的鼓聲行進」（梭羅《湖濱散記》）。唯有在自己心頻範圍內，方有可能在某一處老宅或某一個轉角，發現與一直寫在心上的舊日光影疊印，那剎那即是永恆了。但畢竟那些念念不忘的美麗腳步已經走遠，不應執念，美好放心中，再張開的眼，看見城市蛻變華麗雍容，偶爾回眸，一處沾染昔日風采的景物躍然眼前，便已足矣。

小時候很天真，從沒想過有一天自己會長大，甚至會慢慢變老。以為父親恆常是那個身量頎長沒飲酒時文質彬彬的大人，而母親身形雖嬌小但背脊直挺進出忙著，阿祖坐定指揮，姊姊們上學，弟弟是娃娃，屋內躺著，而我坐定竹籬門外一顆大石上。那是一幅畫，歲月靜好的畫。圖畫是聞不到氣味的，倘若聞得到，應該空氣中隱隱約約透散著茅坑特有氣味，因為我安坐的大石之後便是我家廁所。多年來每次回溯此一畫面，從不曾見我皺鼻屏住呼吸，完全沒有嫌惡不舒服的情狀。這是我愛老宅已入骨髓？還是人生本百味，包含廁間氣味亦得欣然接受？

人生許多美好體會都源自於最單純的互動，最寬容的對待。母親選擇與阿祖和無血緣的阿舅三人相依為命，原只是母親極簡單的不忍年邁阿嬤和年方六歲稚齡幼弟孤苦伶仃，生活無著；而父親願為母親傾盡所有，原也只是最純粹的愛與包容；阿祖為父母親照看一窩孩子，更是最原始的舐犢，若能夠美事停格於那時，便是究極。可人生不如意十常八九，回過頭再看從前，一路輾轉，父親心苦母親勞苦，阿祖也愁苦，而我們夾在中間多少也嘗了一些些苦味。來來去去，短暫停留的處所，鏡花水月。後來我家又購置兩處分別住了多年的住處，居住年限都比我在民族路老宅生活時間還長，而我卻獨獨對老宅眷戀不已。

該如何說？該是那處有我周邊親人最初最純最美的真心對待吧！

父親一生被誤解了很多，包括嗜飲，包括任母親操勞經濟，但其實父親自市府離職後，輾轉做過新聞社記者、藥廠工作……可我後來也完全明白，這個人世只要有人，便有利益糾葛，便有人性裡的只為我有，也因此常就蒙蔽了人性中的光潔部分。沒有誰是誰非，人生本就是選擇題型，可選項也絕非國中小選擇題目的簡單易選，所做下的每一個選擇其後必是開展出不同情境，而那是無人能事先料想得到的。吊詭的是同一屋簷下的家人各有不同選項，有時令人意外的是，綜合相異的選項竟能堆疊出皆大歡喜，可有的時候相同的選擇竟助長了另一個暗潮洶湧，甚至被隨後打來的大浪摧毀得幾乎滅頂，這又如何說？

W，人生很多事皆在緣起緣滅間自成一景。

父親與藥廠同事大合照

有一天我讀一本書，因為書中出現了兩句詞語「春朝一去花亂飛，又是佳節人不歸……」忽忽想到了中學時候音樂課教過這首歌，這是其中兩句歌詞，回憶很快回到腦海，少女時代忒愛唱這曲呢！「春朝一去花亂飛，又是佳節人不歸，記得當年楊柳青，長征別離時，連珠淚和針黹繡征衣，繡出同心花一朵，忘了回歸期。思歸期，憶歸期，往事多少盡在春閨夢裡，往事多少，往事多少，在春閨夢裡，幾度花飛楊柳青，征人何時歸。」（陳崑、呂佩琳詞）六〇年初就讀中學的我初唱這首歌時就很有感，想像中以為是八年抗戰在秋海棠上各小村裡思憶四處征人的心情，十幾歲少女的我心有戚戚焉，彷彿我便是思憶征人的人。那時全然不知曲子作者何人，直到這回因閱讀想起，再上網搜尋，才發現原來郭子究老師是臺灣屏東東港人，西元一九一九年出生，生長在日治時期，由日籍人士的吉他演奏中開啟了音樂之窗，而他所處那年代的臺灣曾有為下南洋出征的征夫縫製「千人被」[15]之事，如此想來情緒或許更接近這塊土地了。而我純然只是喜歡〈回憶〉這曲的旋律，以及郭老師同事陳崑老師和聲樂家呂佩琳分別完成前後段歌詞的這首歌。

---

15 千人被：「千人被」是日本古老風俗，一千個婦女在一塊白布上以穿了紅線的針各縫一針，製成腰帶或小背心，贈送出征的士兵。

W，妳會唱嗎？

人真是有趣的動物，很容易陷入回憶之中，也很容易就遺忘一些事情。中學時特別愛唱這首歌，可後來走入婚姻日日忙著家裡大小事，便就完全忘了曾經熟悉的旋律，一如過去許多年只把民族路老宅的相關記憶鎖在腦中，直到母親往生之後，回溯母親的一生，許多事一點一滴綴上那張記憶的網，遂發現其實那之間也串聯了很多我最原始的認知。

我因為父母的關係，對東洋事物也大多喜歡，從小聽著他們對話中頻頻出現的語詞，竟就以為是臺語，比如パン、たんす等，我是直到很久很久以後才知道，他們說的是日語，可我竟誤解了許多年。再如二姊說我不肯自己走路愛哭，害她被阿祖罵，會不會也是一種誤解？幼小的我過多行走致腿痠卻有詞彙不足以表達，只好以啼哭表示，而這被二姊誤解是慵懶不肯走。又因我的啼哭致使二姊被阿祖誤解不肯照顧幼妹，放任幼妹哭哭啼啼，如此一層牽扯一層，層層疊疊的關係交錯一起，誰對誰的情緒能再回到最初的純粹真誠？而這真誠且不曾因夾雜進來的種種指責苛求而一點一滴淡化褪色？

眼睛裡揉不進一粒沙子，是怎樣的力求潔淨或是難以忍受痛楚？

人與人之間，無論哪一層關係，若想永保純色淨白，恐怕天方夜譚。彼此之間因時因地因事因物而生嫌隙自不待言，事過境遷難免留下或深或淺或大或小痕印，如何能消弭至無形？但若無心照見人我互動路數，只由得放任心緒散漫紛飛，痕印將是依舊在，或許更因無意而加深，若無能自覺於人生之路本在殘缺中發現美采，那麼可能長久陷入悲懷愁緒。

二〇一九年夏初有一個機會，近距離聆聽陶藝師闡述柴燒陶藝的細節，我們或許被《第六感生死戀》的電影畫面美化了捏陶過程，手拉坏或許生動有趣，拉出個人喜愛的器物形狀可能滿心歡喜，而直至拉坏捏塑成型，都還不算是成品，依然沒到最後一步。捏陶最終需要入窯高溫燒煉，通過試煉沒有崩毀的才是陶器。陶藝師說一千二百度連續七日，陶藝品在窯內烈火焚身，窯外的工藝師何嘗不是忍受七天七夜不眠不休的高溫試煉？陶器與瓷器截然不同，瓷器會上釉彩以呈現花色，瓷器通常精細雅緻，但釉彩不無毒性。而陶器則以素樸原貌示人，尤其柴燒的陶製品，更因高溫產生的木柴自然落灰，而有極其自然的火痕印記，每一只各不相同，無法以同一模型複製，每一件均是獨一無二，每一件均以無華面目示人，每一件均熬過高溫的塑型。

W，我們均非陶製品，無法體會那寂然烈火焚身。可出窯後，各具特色的身形默默流洩了闃靜之美，於我們而言又何嘗不是？

每一個人都是獨一無二的個體，即使孿生子外貌幾近完全相同，可其神態喜好擅長才華則或有不同。而人的一生，於此紅塵人世每一分每一時又豈皆是盡如人意？所需面對的試煉又那裡少過？具體的學習過程中大小不等的考試，各學科不定數的習作，在在形似陶窯，以著無形高溫一分一分燒炙周身，柴火若不夠猛烈，如何令器皿四周圍同受熱度？柴火若沒繼續推入，如何內外受熱通透？成為一只粗陶，非等閒之事；成為一只柴燒陶，更非輕鬆容易事；成為一只獨特陶器，非無心能完成。有心便能成事，有心便能堅持，有心便能無悔。

一路走來，我遇見的人，各是別具個性特質，這正是人人因生活陶冶而有無釉的落灰之美。阿舅是阿祖是，所有因這層關係延伸出來的龐大親戚網絡，更是交織著密密麻麻落灰。父母自組小家庭，一花開五葉，五葉盡不同。手掌伸出，五指各不同，又如何能說父母教出五個行為嗜好均不同的孩子。莫說其他，每一子女在母胎時，父母的經濟狀況，家庭裡的曲曲折折，父母彼此之間的對待，無一不以著肉眼覺察不出的方式，對母體內的那個新生命拉坏，這不也是試煉的起始？所以，每一個娃娃先天氣質便有不同，有些孩子沉穩，有些孩子易躁動。當然出生後成長環境的氛圍，更是形塑個性的重大要素，這環境裡的人群，均以著靜默無聲但熱度奇高的燒煉方式，持續不間歇的冶煉彼此。

大姊出生在國民政府自大陸撤退臺灣之際，大環境的悲憤，迥異於小環境皆大歡喜於父親同意所購屋宅登記無血緣妻舅名下，大姊整個成長期融合於一股對未來充滿期待的心緒下，包含島內多數人以及老宅內的父親母親。及至弟弟出生已是十數年後的五〇年代初，老宅於父親母親而言宛如火宅，可卻不覺不知，不驚不怖。但明明日日生活如火逼身，苦痛切己，心或許不是不厭煩，但就無求出之意。島內人民則因民國四十七年（西元一九五八）的金門八二三砲戰而持續備戰不敢絲毫鬆懈。

弟弟出生至兩歲的成長期，父母已在烈火試煉下各有不同落灰灼身，到底還是心在宅內，心在火焰之中，心在為人孫輩分際。那樣的日子父親未曾出言不遜，那樣的日子父親自我放逐後又面對，那樣的日子終結在錯開窯門的手。陶品成不了陶品，突兀的對待，轉身離去後，如何重新自我試煉？陶藝師說窯燒陶品的優劣端視陶土質地，優質陶土製作的成品顏色豐富自有其價。

父親母親一心至純，無論人境裡結廬如何，父母親始終不伎不求。他們心中想著是又何妨，人事如浮雲，財物非關緊要，唯有初心不能忘。只是苦了一窩孩子，吉普賽式的城市游牧，飄萍一般，失根的花。父母總想著如何安頓一家人衣食住行，那些年忙忙碌碌四處鑽營，顯然父母都明白「人們可支配自己的命運，若我們受制於人，那錯不在命運，而在我們自己。」（莎士比亞）

於是父親與母親完整了一個家，即便那只是鄰近金龍街小巷裡租來的土角厝，即便那只是育才派出所後方小巷裡側居的違建，即便那只是馬不停蹄的城市流轉，我們依然同一屋簷下說說笑笑，同一門扇裡吵吵鬧鬧，同一桌面上推推拉拉。生活面的經濟面的物質面的不足，都不曾上心，苦中作樂趣味無窮。許多年來我念念不忘父親從不曾在我們面前提起的民族老宅，從而慢慢看到一點點光，這光是父親最初對母親的心意，這光是父親成全阿舅的貪婪，這光是父親慈愛子女的示現。我們姊弟都從父親身上學習到寬容，無論待人待己，心不能遺失。父親業緣如何非我能論，可後來工作不順又病又殘，人雖多所抑鬱，但心仍具光明質地，父親必然深刻明白莎士比亞說的那句話，「人心才是埋伏在黑夜中最可怕的對手。」

二〇二〇新冠病毒來勢洶洶，五月母親節我重回搬離老宅第一個落腳處的三民路三段，幾十年過去，巷子不見了，也嗅不到當年的豬屎氣味，見不到黃土小路、清澈小溪，只是一心市場仍在，流逝的歲月記憶仍在。然後車行健行路，寶覺寺的彌勒大佛赫然出現眼簾，高中時期常自大德街自宅步行至寶覺寺等候公車，那時節彌勒大佛還是粗坏期，我經常在大佛笑眼之下候車上車，走上人生學習之路。原來金龍街距離大德街也不遠，我卻直到這時才恍然。

人生事總在彎彎繞繞間牽絲纏絆，誰真能與誰無關了？

到底仍是龐雜的眷屬關係，縱然少了血緣，仍有脫卸不去的牽絆。阿祖菩提醫院往生西方後，母親仍盡心盡力送阿祖最後一程，父親依然是孝孫婿，一生無愧此身分。十年後父親也仙逝，在自己預言的年歲，母親說父親活過一甲子，不算夭折了。母親畢竟明白父親一生心意，可也明白父親因她而陷入火宅，到底也是端著心戰戰兢兢過日子，一生便就寂然作結。

一直很喜歡聽到父母之間彼此呼喚暱稱，父親喊母親一個日文小名，聲調總甜甜的，我一直沒問母親，那是屬於他們之間的私密，合該只他二人知曉，而母親都是喚著父親「哈囉」，每想起都是甜美小圖畫，正似余光中老師的一段文字，「人生許多事情，正如船後的波紋，總要過後才覺得美。」

母親走後五年了，我常回臺中，走在過去走過的路，火車站前中正路（今臺灣大道一段）雙號這側望向單號那側，醉月樓建物主體仍在，但早已非父親年輕時的酒家營業型態，復刻的醉月樓不在醉月樓。鈴蘭花仍雕在在中山綠橋上，可鈴蘭通已沉入歷史了，但我仍喜歡，即便已改名中山路數十年，因為父親曾設籍此路，在這條路走過無數回，我於是追著懷想。

綠川到柳川一點兒也不遠，柳川古道無論從中山路或柳川東路或民族路踏入，都可從任何一個巷口出來，而且耗時也不消多久，可我卻年屆花甲才一步步重新走踏，然後察覺到內裡一股淡淡的幽微的情緒。

W，那是鄉愁嗎？

如果是，我的鄉愁便在柳川古道。

柳川古道民族路154巷

後記／安放鄉愁

起手，我是在地人。

可我又在若干年前隨夫落籍他城，而這純然是戶籍登載的文字遊戲，我依然時時回到我的所來處。

可無論如何，我出城了。

恍然間，一個世代一個世代相繼冒出，我的青春，小鳥一樣不回來了。

與W雖同是文學愛好者，然我與她各張著不同世代的眼，所見的城市必然也就繪出不同情境的風貌。

即便我，翻轉數十年之後，驀然回首我的一雙眼所見到的大墩，也真真與兒時所見截然不同，這不同總讓我在突然意識到時大大的震驚了。

到底人的一雙眼看見了什麼？

數十年前在城市裡曾經流動的空氣已然飄遠，曾有的緩慢安適恬靜的氛圍似是隱身，我始終相信曾呼吸過的氣體繞了一圈，又會回來與相對應的空間結合；我也相信人們隨科技進化的脈動跳躍，極有可能隨著流體力學跌入最初的幾何，臺中的點線面悄悄的出現有意思的組合，像是憑弔像是思古，幽情於是成了我記錄個人在這座城市生長的私密，一個起手式，開啟我欲罷不能的在地遊子出城再回歸的私密敘事。

以花甲之眼再看生命所來處，彷如秋天行道樹靜靜候在黑夜裡，淡淡吐氣傳送消息，即便風來時落葉紛紛，關於個人在臺中城的生命故事，也似是正從最涼爽的季節裡緩緩綻出嫩芽，那便是我對於敘事特有氣味的設定，是城市建設的遞變；是歲月腳步的更迭；是生命故事的輪迴；是離家回鄉的情懷；是今昔長流的串聯。

不定時回鄉的遊子足印，踏在婚前實實踩過的地方，生命自己便寫了故事，我何妨跟著故事走，而這是花甲婦回顧從前，重整自己的生命故事，感受了鐫刻心脈的臺中生活與感動。

我是遊子，出城多年。

起手，安放鄉愁。

釀文學253　PG2574

鄉愁在柳川古道

作　　者　妍　音
責任編輯　姚芳慈
圖文排版　蔡忠翰
封面設計　劉肇昇

出版策劃　釀出版
製作發行　秀威資訊科技股份有限公司
114 台北市內湖區瑞光路76巷65號1樓
電話：+886-2-2796-3638　傳真：+886-2-2796-1377
服務信箱：service@showwe.com.tw
http://www.showwe.com.tw
郵政劃撥　19563868　戶名：秀威資訊科技股份有限公司
展售門市　國家書店【松江門市】
104 台北市中山區松江路209號1樓
電話：+886-2-2518-0207　傳真：+886-2-2518-0778
網路訂購　秀威網路書店：https://store.showwe.tw
國家網路書店：https://www.govbooks.com.tw
法律顧問　毛國樑　律師
總 經 銷　聯合發行股份有限公司
231新北市新店區寶橋路235巷6弄6號4F
電話：+886-2-2917-8022　傳真：+886-2-2915-6275

出版日期　2021年7月　BOD一版
定　　價　320元

讀者回函卡

Printed in Taiwan

國家圖書館出版品預行編目

鄉愁在柳川古道/妍音著. -- 一版. -- 臺北市：釀出版,
2021.07
面； 公分. -- (釀文學 ; 253)
BOD版
ISBN 978-986-445-481-5(平裝)

863.55 110009463